D. Jenisch

Über die hervorstechendsten Eigentümlichkeiten von Meisters

Lehrjahren

D. Jenisch

Über die hervorstechendsten Eigentümlichkeiten von Meisters Lehrjahren

ISBN/EAN: 9783743395831

Hergestellt in Europa, USA, Kanada, Australien, Japan

Cover: Foto ©Andreas Hilbeck / pixelio.de

Weitere Bücher finden Sie auf **www.hansebooks.com**

Ueber die

hervorstechendsten Eigenthümlichkeiten

von

Meisters Lehrjahren;

o d e r   ü b e r   d a s ,

wodurch dieser Roman

ein Werk von Göthen's Hand

ist.

Ein ästhetisch-moralischer Versuch

von

D. Jenisch.

To teach vain wits a science little known,
t'admire superior sense, and doubt their own.

Berlin, 1797.

bei Johann Georg Langhoff.

Man kann jetzt über den bunten Trödelmarkt der teutschen Lesewelt kaum mit flüchtigem Fuß hineilen, ohne daß uns nicht, aus jeder Groß- und Klein-Krämer-Bude dieses Marktes, von Kaufleuten und Käufern, die lautesten Klagen über Meisters Lehrjahre in's Ohr schallen, wegen langweiliger Stellen, vernachläßigter Einheit des Plans, und unnatürlich herbeygeführter Episoden dieses neuesten Geisteserzeugnisses eines unserer genievollsten Schriftsteller.

Da wir nicht von den Mängeln, sondern von den eigenthümlichen Vorzügen des Göthischen Romans sprechen wollen; und es eine sehr gewöhnliche Ueberredung ist, daß derjenige, der es unverhohlen ankündiget, er wolle das Gute und Vortrefliche eines Gegenstandes in's Licht setzen, die Mängel desselben

A 2

entweder unwiſſend verkenne, oder vorſezlich
verhehle: ſo wollen wir ſogleich an der Schwel-
le dieſer Abhandlung das freymüthige Geſtänd-
nis ablegen: daß dieſes jüngſte Werk des
großen Verfaſſers von Werthers Leiden dem
ältern unwiderſprechlich nachſteht an ho-
hem, immer-ſteigendem, immer ſchwellen-
dem Pathos, an untadelhafter Einheit
des Plans, an zwanglos-eingefügten
Epiſoden, an vollſtändiger Entwickelung der angelegten Scenen und handelnden Charaktere: daß Göthens Genius in demſelben, in beträchtlichen
Stellen, wie von allen ſeinen Höhen,
bis zum flachen — ſollen wir ſagen ſich her-
abläßt, oder herabſinkt? und daß mithin Meiſters Lehrjahre, in allen dieſen Rükſichten,
nur von fanatiſchen Lobpreiſern, nicht aber von
ſcharf-und kalt-prüfenden Kritikern, über die
Romane eines Richardſon, eines Wieland, und
anderer in dieſem Fach großer Schriftſteller erhoben, oder dieſen auch nur gleich geſezt werden kann. Unbeſtechlichkeit iſt die heiligſte Pflicht
des Pflegers der Gerechtigkeit! Unbeſtechlichkeit
iſt ein unerlaßliches Erfordernis des Kritikers!

Der Anſprüche auf die eben genannten negativen Vollkommenheiten eines Romans müſſen ſich alſo Meiſters Lehrjahre bege-

ben: und der eben so fein-beurtheilende
als genie-voll selbst-schaffende Verfaſſer dieſes Werks, würde zu dieſer erſten Hälfte
unſrer kritiſchen Sentenz ohngefehr auf eben
die Art ſelbſtgefällig lächeln, wie Sokrates vor
ſeinen Richtern bey dem Vorwurf gelächelt haben würde, daß er ſeinen Mantel nicht zierlich
genug gefaltet trüge.

Er, Friedrich, trug Hut und Degen gewis nicht ſo elegant-heldenhaft, als der
jüngſte Fähndrich ſeiner Garde; Kant's lallend-
ſter Nachbeter kann ihn, den größten Tiefden-
ker des Jahrhunderts, an Deutlichkeit des Vor-
trags, und an einer gewiſſen Zierlichkeit des Ausdrucks übertreffen.

So — die negativen Vollkommenheiten eines jeden Genieswerkes: dem alltäglichen Geiſt ſind ſie erreichbar: die wahren, ächten, eigenthümlichen Vollkommenheiten ſind es allein und einzig
dem Genie. Doch thut dies wohl dran, ſich
auch der erſtern, der negativen, zu be-
mächtigen: ſein Werk wird dadurch nur vollendeter, erhebt ſich über jeden gerechten und halb-
gerechten Tadel großer und kleiner Kritiker,
und wird — (das höchſte, was von einem ſchrift-
ſtelleriſchen Werk geſagt werden kann) — wird
claſſiſch.

So — die Agathon's, die Nathan's, die
Iphigenien!

Pradon, ein dramatischer Dichter der Fran-
zosen, dessen Unbedeutsamkeit vielleicht schon
daraus erhellen mag, daß er in dieser Gesellschaft gebildeter Geister den allermehresten ein
unbekannter Name ist, schrieb, mit dem Schöpfer des tragisch-zärtlichen, dem großen Racine,
wetteifernd, ein Trauerspiel über den berühm-
ten Gegenstand der unglücklichen Liebe
Phedre'ns zum Hyppolit. Beyder Dichter Werke erscheinen im Publikum, erscheinen
auf der Bühne. Charaktere, Scenen, Gang der
Handlung, Katastrophe und Entwickelung, ein
großer Theil der Gleichnisse, Metaphern, Wendungen, in dem einen und in dem andern Trauerspiel, werden, nach der sorgfältigsten Prüfung,
durchaus gleich befunden.

Aber bey Pradon's Werk bleibt der Zuschauer
ungerührt, gleichgültig; bey dem Racinischen
schauert, bebt, liebt, haßt, hoffet, zagt, ver-
zweifelt mit Phedren der Leser; pochen bange
alle Herzen; fließen Thränenströme aus den
Augen aller Zuschauer. Das Trauerspiel des
erstern nennet nur noch der gelehrte Kritiker in
einem chronologischen Verzeichnis französischer
Theater-stükke: Racinens Phedre stößet
seit länger als einem halben Jahrhundert die

süßen Wonneschmerzen unglücklicher Liebe in alle fühlende Seelen des gebildetern Europas; und strahlet mit unbeflecktem Glanz in den Hallen des ewigen Ruhms.

Auf gleiche Art hat H....e, Buchhändler und Buchmacher in W........s, wie er es selbst in der allgemeinen Litteratur-zeitung gestanden, oder vielmehr öffentlich gerühmt, in einem Raum von sechs Jahren nicht weniger als vierzig, baare vierzig Bände Romane ge- geschrieben, in deren einigen er (wir haben sie, monstri causa, wundershalber, gelesen,) den Schö- pfer von Meisters Lehrjahren an Einheit des Plans, an einem gewissen immer-gleichen Fluß der Schreibart, an Zusammenhaltung der Sce- nen und Verflechtung der Episoden, unleugbar übertroffen.

Aber so wenig jemand dadurch ein großer Mann ist, daß man nichts böses von ihm sagen kann: eben so wenig ist ein dichteri- sches Werk dadurch allein groß oder mei- sterhaft, wenn es von diesen und al- len andern negativen Vollkommen- heiten gleichsam über und über strah- let. Dagegen — wenn Neuheit, Originalität, bestimmter Umriß, Haltung und lebendige Dar- stellung der Charaktere; wenn interessante Si- tuationen, und handlungsvolle Scenen; wenn große und edle Gesinnungen; neue, treffende, und feine Beobachtungen über das erhabene und kleine, über das tiefe und flache Wesen, welches wir Mensch nennen; wenn eine lebendig-gezeichnete Charakteristik des Geistes und des Herzens dieses Wesens; wenn eine, jeder starken und jeder leiseren Nuanze des Gedankens entsprechende, jeden heftigsten und jeden sanftesten Ton der Empfindung klar und rein nachhallende Sprache, die wahren, ächten, wesentlichen Erfordernisse eines Romans sind; wenn dies ist: dann, ja dann ist das neueste Werk von Göthe das, was ein Werk von dieser Hand immer seyn soll, ein selbstleuchtender Stern an dem Himmel der vaterländischen Litteratur: dann wird es gelesen und wieder gelesen werden, so lange die Freude ein Lächeln und der Schmerz eine Thräne hat; so lange gebildete Geister fein denken, zarte Seelen tief empfinden, und Herzen voll jedes stürmendsten und jedes sanftesten Gefühls schlagen werden.

Lassen wir also die Disteln denen, die Disteln essen! und halten uns an das Vortreffliche in Meisters Lehrjahren.

Meisters Lehrjahre sind uns zuvörderst wichtig als Geisteserzeugnis

jenes schöpferischen Genies, dem wir
Werthers Leiden verdanken.

Bey einiger Gewandheit des Geistes und
des Styls, bey einer gewissen Lektüre, wie man
sie da aus jeder beliebten Lese-bibliothek erlangen kann, und mit einem sehr gewöhnlichen
Grade von Beobachtungsgabe und Menschen-
kenntniß, muß ein Autor, der sich dem Roman-
schreiben widmet, nach und nach eine solche
Fertigkeit in dieser Art von Geisteswerken
sich erschreiben, daß der Buchhändler Romane bey ihm bestellen kann, wie wir Schrän-
ke bey dem Tischler zu bestellen pflegen. Einen unwidersprechlichen Beweis dafür liefert
uns der ebengenannte Buchhändler und Buchmacher, dessen Romane (wir urtheilen aus eigner Prüfung) gewis keineswegs zu den unver-
daulichsten Speisen unserer Lese-magazine für
das gewöhnliche Lese-volk gehören.

Doch — wir sagen es mit Lächeln — anders die H.....n, und anders die Göthen! Die
Werke solcher Meister sind allemal
lebendige Abdrücke des Genius der
Menschheit, wie er sich da mit allen
den erstaunenswürdigen und mannigfaltigen Kräften, welche der erhabene
Weltgenius in ihn pflanzte, aus dem

Keim zur Blüthe, aus der Blüthe zur
Frucht entwickelt.

Im Werther stellet uns Göthe einen
Jüngling auf, voll brausender Gefühle, voll leidenschaftlicher Ansichten des menschlichen Lebens und der
menschlichen Dinge, voll erhabenen
Trübsinns über jede verengende
Schranke der Natur, der Gesetze, und
der gesellschaftlichen Verbindung:
er lebt in den höhern Kreisen, die ihn anekeln;
und sehnt sich in die niederen: er schwelget mit
Geist und Herz in dem Genuß der unerschöpfli-
chen Natur; und härmt sich über ihre stief-
mütterliche Kargheit gegen die armseligen
Sterblichen: er lebt und webt in den höhern
Regionen der Wahrheit und der Weisheit, zu denen sich nur große Denker emporschwingen; und
doch empfindet und handelt er, wie die beschränk-
testen, kurzsichtigsten Sterblichen: sein Geist ist
mit seinem Herzen, sein Herz mit seinem Geist,
beyde mit der Natur, im Widerspruch: unter
verwirrten, entstellten Ansichten der Welt und
des Lebens, unter unbefriedigten, ins Unendliche
hinausstrebenden Wünschen, unter zertrümmer-
ten Hoffnungen, erliegt er endlich, wie ein kühner himmelstürmender Titane, unter der Last
selbst-aufgewälzter Felsen und Bergklippen, und

zerstört mit eigner Hand ein zu großen Dingen bestimmtes Daseyn.

Wilhelm Meister ist ein Jüngling von minder, schwungvoller, minder, erhabener, aber nur desto natürliche, rer und ruhigerer Denk, und Empfin, dungsweise: auch er sieht die Dinge oft in sehr falschem Lichte; aber nur, um mit der er, kannten Wahrheit hernach desto inniger ver, traut zu werden, und ihr desto treuer anzuhän, gen: auch er empfindet oft noch ungestüm; aber nur, um durch die zur Entwickelung sich drän, genden Kräfte, durch die zur Befriedigung hin, strebenden Triebe, zu einer desto schöneren Ru, he zu gelangen. Keine trübe Leidenschaft ent, stellt ihm fortdauernd das schöne Bild des Lebens und Lebensgenusses, verrückt ihm ganz das Ziel der edleren Menschheit: er freut sich des Guten, genießt des Vorzüglichen, und dul, det liebreich das Böse an den Menschen; deren Wohl er mit aller Fülle und Innigkeit seines moralischen Sinnes umfaßt, und, so viel mög, lich, thätig befördert; auf deren Veredlung er, als auf sein höchstes Ziel, die Entwickelung sei, nes schönen Kunst, sinnes hingerichtet hat. Um, gang und Erfahrung bereichern ihn mit einer Summe von Menschenkenntnis, die ihn alles, was Ordnung, Gesetz, Sitte heißt, lieben und

achten, und jeder heilsamen, jeder anständigen
Convenienz sich fügen lehrt: nichts scheut er so
sehr, als die hülflose Nacktheit des rohen Na-
turmenschen, oder die Armseligkeit des beschränk-
ten Bedürfnisses in dem gesellschaftlichen Leben:
nichts wünscht und sucht er so sehr, als die Gemächlichkeit und den Ueberfluß der höhern Stände der verfeinerten Menschheit. Auch er hat
Wünsche, große Wünsche; aber sie werden ihm
wenigstens zum Theil befriediget: auch er nährt
Hoffnungen, aber er begräbt sich nicht unter
den Trümmern einiger der wichtigsten, die ihm
fehlschlagen.

Werthers Leiden stellen uns eine der
vielbegabtesten, vollkräftigsten Men-
schen-Seelen in einigen, an großen und gewaltigen Erschütterungen des Geistes und des
Herzens fruchtbarsten, Momenten dar; in Momenten, wo der Geist, gleich einem überspannten Bogen, dem kühnen Spanner unter der
Hand zerbricht; wo das überfüllte, überquillende
Herz auseinander springt: wir fühlen uns über
unsere gewöhnliche Fläche emporgehoben, mit
einem Geist, der so erhaben schwärmen, mit einem Herzen, das so pathetisch empfinden kann:
aber wir bedauren die Menschheit, die in dem
schwarz-angehauchten Spiegel dieses erhabenen
Trübsinnes ihre eigene schöne Gestalt verzerrt;

die unter diesen übermächtigen Empfindungen
erliegt, und unvermeidlich erliegen muß. Wir
wünschen uns diesen Geist, dieses Herz: aber
wir wünschen uns weder jenes noch dieses mit
diesen unseligen, verderblichen Kraftäußerungen.
Es ist die treffendste Rezension von Werthers Leiden, was die Hand des großen Meisters als
Motto drauf gesetzt:

Jeder Jüngling sehnt sich so zu lieben
Jedes Mädchen so geliebt zu seyn!

Aber mit Schauer und Zagen setzen wir
auch hinzu:

Ach der heiligste von unsern Trieben —
Warum quillt aus ihm — unsel'ge Pein.

Meisters Lehrjahre dagegen schildern
uns den schönsten, genuß-vollsten und
bildungsreichsten Abschnitt eines ausgezeichneten Menschen-Lebens: wo
der zarte Keim der Liebe sich zuerst auseinander faltet; wo der lange gedrückte Geist, losge-
kettet aus dem dumpfen Kerker eines eingeschränkten Lebens, eines Lebens des Bedürfnisses, endlich alle seine Flügel ausspannt; mit
freyem, hellem, weitem Auge die Welt und die
menschlichen Dinge anschaut, und mit unge-
wöhnlichem Schwunge zur Entwickelung seines
moralischen, so wie des ihm eigenthümlichen
Kunstsinnes hinstrebt; wo jedes große und schö-

ste Gefühl, jede kühne und energische Leidenschaft, und die mannigfaltigsten Kräfte der sich
ausbildenden Menschheit, nicht stürmisch-wild,
wie im Elementenkampf, durcheinander gähren,
sondern wie eine harmonische Welt, auf das
ordnende Werde! des Schöpfers, in lieblicher
Rege und mit stiller Herrlichkeit, sich allmählig
und allmählig zu einem schönen Ganzen ausbilden und zusammenordnen.

Meister's Theater-Liebhaberey, seine schwär-
merische Liebe für Marianen, seine erklärte Vor-
liebe für die höheren Stände, und gemächlichen
Lebensgenuß, sein Hang zum Abentheuerlichen,
so wie zu einer gewissen Gattung von anständiger Liebschaft mit vornehmen Personen
des andern Geschlechts, seine fast väterliche
Milde und Wohlthätigkeit für Mignon, seine
wahre, herzliche Theilnahme für Melina und
seine unglückliche Braut, so wie für die unglückliche Aurelia; sein enthusiastischer Eifer für die
Aufnahme des teutschen Theaters, seine großen
Erwartungen von diesem Eifer für die Veredlung der teutschen Nation und der Menschheit
überhaupt — alles dies sind nicht besondere,
einseitige, sondern allgemeine Eigenthümlichkeiten der Menschen-natur in
diesem Alter, unter diesen Umständen:
es ist die Geschichte unser aller; in diesem

Wilhelm Meister erblicken wir, so wie der Graf
in dem verkleideten Abentheurer auf dem Sopha,
unser eigenes Selbst, doch nicht, wie der Graf,
mit versteinerndem Schreck, sondern mit ange-
nehmem Staunen über die magische Kraft des
Zauberspiegels, den uns da der Dichter vorhält.

Was demnach diesen jüngern Roman von
Göthe am meisten veredelt, was seinen
ästhetischen Werth bis zur moralischen
Würde erhöht, ist dieses: daß der Dichter
uns nicht, wie Dichter gewöhnlich pflegen, eine einzige Leidenschaft, oder auch nur
einzelne Momente dieser Leidenschaft
an seinem Helden entwickelt darstellt; sondern
das ganze Leben und Weben eines hö-
her-anstrebenden Geistes mit seinen
mannigfaltigsten Kräften und in den
verschiedensten Verhältnissen: und daß
er aus diesen mannigfaltigen Kräften
und verschiedenartigen Verhältnissen
seinen Wilhelm Meister nicht nur zu einem ästhetischen, sondern, was Dichtern so selten ist, auch zu einem moralischen Ganzen zusammenbildet: wofern man uns anders diesen letzten Ausdruck,
auf Menschen angewandt, verzeihen will.

Meisters Irrthümer, Schwärmereyen, Fehler, Leidenschaften, dienen Göthen offenbar nicht,
blos, um seine, (des Dichters,) ästhetische Kräfte
ins Spiel zu setzen, und seinen Helden, wie
Juno den Hercules, mit Abendtheuern kämpfen,
Löwen bezwingen, Ungeheuer bändigen, ich will
sagen, große, außerordentliche, aber nur zu oft
sehr wenig gemeinnützige und wenig moralische
Unternehmungen wagen zu lassen; sondern um
alle ästhetische und moralische Anlagen des jungen Freundes zu entwickeln, seinen Geist von
Irrthümern zu reinigen, sein Herz von Schwärmereyen zu heilen, sein ganzes Daseyn immer
heiterer, freyer, unbeschränkter zu machen; und
ihn der Idee der edleren Menschheit näher zu
bringen. Niemals läßt er ihn schwer fallen, um
ihn, nach Dichter-Sitte, desto erhabener auf-
zurichten: niemals verderblich irren, oder sich
gefährlich täuschen, um ihn durch die erkannte
Wahrheit desto herrlicher zu verklären: niemals
läßt er ihn einer Versuchung unterliegen, um
ihn desto rühmlicher siegen zu machen. Meister
fällt nie; er neigt sich nur hier, dort, etwas
von der geraden Standlinie ab: Meister täuscht
sich nie gefährlich, er sieht die Dinge nur in einem, entweder zu schönen, oder halb wahren
Lichte: Meister unterliegt nie der Versuchung:
aber er macht uns oft bange für sich. Nie sehen

wir

wir ihn außerordentliche Kräfte anwenden, um
sich aus einer Verlegenheit, einer Versuchung,
einem Irrthum herauszureißen: aber nie vergißt
oder verliert er auch sich selbst. Seine Verirrung mit Marianen ist die natürlichste, verzeih-
lichste eines in der Welt neuen und zärtlich-
fühlenden Jünglings; noch mehr, sie wird ge-
rechtfertigt durch die ernsten Absichten auf die
Hand des edeln Mädchens; Absichten, die bey
einem so edeldenkenden Geist nur durch den täu-
schendsten Schein unedler Gesinnungen in dem
Gegenstande seiner Liebe, vernichtet werden können. Die volle Würde oder vielmehr die
Festigkeit seines moralischen Sinnes
entwickelt sich in seinem Verhältnis zu Philinen. Wenn der Dichter uns seinen jungen
Freund nirgend eigentlich gros darstellt: so streift
doch seine Festigkeit, sein gehaltener Gleichsinn
in dem Betragen gegen dieses verführerischste aller Mädchen, bey seinem Hange für das andre
Geschlecht, bey diesen unwiderstehlichen, auf
Meistern nur zu tief würkenden Reitzen, bey
diesen unverkennbaren Zeichen wahrer, ernster
Liebe dieses flatterhaftesten und schwer zu fes-
selndsten aller Mädchen, streift nahe an Größe;
und wenn wir ihn deshalb nicht bewundern, so
verehren wir ihn doch höchstens. Eben so ist
seine thätige Theilnahme für Mignon, für den

B

Harfner, und insbesondre auch für die Aufnahme des Theaters zwar nirgends grandisonisch-heldenhaft, aber durch ihre Kostbarkeit, und insbesondre durch seine unermüdliche Ausharrung in der Erfüllung dieser einmal übernommenen Pflichten, einzig, würdevoll, und achtungswerth. Solche Tugenden, so standhaft ausgeübt, sind nicht die außerordentlichen Anstrengungen eines ehrgeißigen Helden: es sind die liebens- und achtungswürdigen Kraftäußerungen einer natürlich-edlen, und durch eigne Anstrengung noch mehr veredelten Seele: es sind nicht die Tugenden des Fürsten, des Eroberers, des enthusiastischen Kosmopoliten, die für einige unterhaltende Augenblicke glänzen; es sind die Hütten-Tugenden des stillen Privat-Lebens, die mild und sanft, wohlthätiges und dauerndes Licht, wohlthätige und daurende Wärme, um sich her verbreiten.

Wir suchen und spähen in unserm eignen Wirkungskreise nicht vergebens, und nicht mit einer Art von neidischer Unzufriedenheit mit unserm Schicksal, nach veranlassenden Gelegenheiten zu ähnlichen Tugenden; wie dies bey der Geschichte der Grandisone, der Agathone, oder auch wirklicher Helden der Fall ist: diese Sele-

genheiten liegen einem jeden unter uns so nahe,
daß wir nichts mehr, als Meisters edle Gesin=
nungen, Meisters Festigkeit und Thatkraft bedür=
fen, um uns selbst eben so liebens=und achtungs=
werth zu erscheinen, als des Dichters junger
Freund es uns ist.

Fast alle andern Romane und dichterische
Darstellungen wecken und reißen in uns, durch
die ungewöhnlichen, außerordentlichen Situazio=
nen, Gesinnungen oder den Kraftaufwand ihrer
Helden, den Hang zum abentheuerlichen;
diesen Hang, so gefährlich für den ruhigen,
unverkürzten Lebensgenuß, verderblich
für die Tugenden des thätigen Lebens und des=
jenigen Wirkungskreises, der uns der nächste ist:
Meisters Lehrjahre machen uns zu=
frieden mit einem eingeschränkten Le=
bens=Kreise, machen uns jede Pflicht
menschlichen Verhältnisses nur desto
heiliger, desto liebens= und achtungs=
werther. Kurz: die ganze Darstellung in
Meisters Lehrjahren ist nicht Darstellung eines
außerordentlichen; aber eines ausgezeichneten,
edlen und guten und eben dadurch wahrhaft
menschlichen Menschen=Lebens.

Eine dichterische Darstellung kann ästhe=
tisch=erhaben seyn: aber sie ist deswegen
nicht moralisch erhaben. (Wir nehmen

den Ausdruck erhaben hier in dem Sinne,
wie Griechen und Römer ihn brauchten.)

Kann etwas wahrhaft-dichterischer, ästhetisch-erhabener seyn, als der schaurige, Ver-
derben-und Tod-schwangere Kampf unseliger
Leidenschaften, gekränkten Ehrgeizes und unglücklicher Liebe in Werthers Leiden? Kann etwas
dichterischer, ästhetisch-erhabener seyn, als
Handlung und Catastrophe in dem Shakespearschen Trauerspiel, Hamlet? Aber jenes
so wie dieses Genieswerk erfüllt uns mehr mit
Schauer, als mit Bewundrung, erregt mehr
sympathetische, als geisterhebende
Ideen und Empfindungen in der See-
le: in beyden erliegen endliche Naturen unter
der unerbittlichen Nothwendigkeit der unendli-
chen Natur, und arbeiten durch die Freyheit,
mit welcher sie, als vernünftige Naturen, der
Nothwendigkeit sich entgegen stemmen sollten,
derselben nur so vielmehr gleichsam in die Hände.

Muthvolle, unbezwingliche Ankäm-
pfung der Freyheit gegen die Nothwendigkeit allein erweckt das ächte Gefühl
des moralisch-erhabenen: Werthers und
Hamlets einstweiliger Kampf gegen die Leidenschaften, die in ihnen toben, und gegen den
Zwang der Umstände, der sie von außenher
drängt, ist zu kurz, zu vorübergehend, zu frucht-

los, als daß er die Empfindung ächt-moralischer
Erhabenheit mehr als höchstens leise anregen
könnte.

Meister mit geringern Kräften, mit
ruhigern Leidenschaften, in minder er-
schütternden Situazionen, und durch die
Umgebungen der Dinge mehr begünstiget,
prägt uns durch wahrhaft edle Gesinnungen,
die er unter manchen schwierigen Umständen be-
hauptet, durch gute und Menschenglück-beför-
dernde Handlungen, die er standhaft, ohne eit-
les Geräusch, und ohne Scheu vor Mühe und
Kosten ausübt, zwar nicht eigentlich das
Gefühl des Erhabenen, aber gewis das
Gefühl der moralischen Würde und innigsten Achtung ein, ein Gefühl, welches
mit dem Erhabenen verwandter ist, als
das höchste Pathos und ästhetisch-erhabene.

Der größte Theil der Dichter und Künstler
scheint pathetische Liebe für das wahre und
fast einzige Erhabene der Kunst zu halten: und
die Menschen, die so gerne, — fast möcht ich
sagen, wider besser Wissen und Gewissen —
in die Liebe mehr Moral, als Physik hin-
einzubringen suchen, um ihrer eigenliebigen
Eitelkeit gewisse, nur zu unleugbare Dinge zu
verhehlen, — die Menschen möchten so gern in

den Augenblicken, wo sie sich höchst glücklich
fühlen, zu gleicher Zeit für sehr erhaben
gelten: welches aber die neidische Natur durch
eine ungeheure Kluft getrennt zu haben scheint.
Denn die Liebe ist und bleibt nicht nur eine
Leidenschaft, gegen welche anzukämpfen rühmlicher ist, als ihr zu unterliegen: sondern sie gehört auch offenbar zu den Schwächlingen unter
den Leidenschaften; und steht, ästhetisch-betrach-
tet, tief, z. B. unter Ehrgeiz, Rachsucht u. s. f.

Pathetische Liebe mag uns daher mit dem innigsten Mitgefühl, mit Schauer, Schreck, Furcht,
Hofnung und allen andern sympathetischen Empfindungen durchdringen: nur müssen wir das
ästhetisch-erhabene nicht mit dem ächt-
moralisch-erhabenen verwechseln.

Was die Einbildungskraft schauern
und beben macht, was die Leidenschaft
in die gewaltsamste Zuckungen versetzt,
das lockt der Vernunft oft kaum ein Lächeln ab. Dichterische Erhabenheit ist nicht immer ächtmoralische!

Mit großen Kräften zu großen, mo-
ralisch-großen, Zielen hinstreben, heißt
allein — großhandeln: aber in unsern Urtheilen über wirkliche oder auch von Dichter-
kunst dargestellte Handlungen des menschlichen
Lebens und noch mehr in unsern Empfindungen,

laſſen wir uns, meiſtentheils o h n e R ü c k ſ i ch t
auf die Z w e ck e, an großen Mitteln ge=
nügen.

Daher — unſere übertriebene Bewunderung
für Genies, und für Helden: ohngeachtet wir
es uns nur zu oft ins geheim geſtehen müſſen,
daß jene — Thoren, nicht ſelten Böſewichter,
und dieſe — Verwüſter waren; daß ſie, auf der
Wage der Sittenlehre gewogen, zu leicht ge=
funden werden. Nicht gewöhnlich, nicht alltäg=
lich, ſondern ſelten und ausgezeichnet ſind die
Kräfte, mit welchen Meiſter handelt, ſind die
Anlagen, welche er entwickelt: aber er handelt
mit jenen, er entwickelt dieſe, — zu den wür=
digſten, achtungswertheſten Zwecken, zur Vered=
lung und wahrhaften Beglückung ſeiner ſelbſt
und anderer.

Eben in dieſem F o r t ſ t r e b e n z u r V e r=
edelung, in dieſer Läuterung und Reinigung
des Beſten und Edelſten im Menſchen, in dieſer
allmähligen Abſtreifung jeder Raupenhülle des
höhern Weſens in uns, ich will ſagen, in der
immer kühnern Befreyung des Geiſtes von
Schwärmeren, leidenſchaftlicher Ueberſpannung
und Täuſchung jeder Art, wodurch der Geiſt
dem Irrthum, das Herz der Verführung aus=
geſetzt iſt; h i e r i n, ja h i e r i n iſt einer der
eigenthümlichſten Vorzüge von Meiſters Lehr=

jahren zu setzen. Es ist keine einseitige, durch
außerordentliche Leidenschaften aufgeregte, mit
außerordentlichen Kräften ausgestattete Menschheit, die wir hier zu gewissen, für gros-gehal-
tenen, überspannten und fantastischen Zielen hinstreben sehen; wo so oft Leidenschaften nur für
Leidenschaften in Thätigkeit gesetzt, und große
Kräfte durch noch größere zerstört werden: (die
Geschichte der meisten Großthaten!!)

Im Gegentheil erblicken wir hier die einfache, reine Menschheit, in ihrer natürlichen Einfalt und vielseitigen Bildsamkeit: diese sehen
wir hier unter den gewöhnlichsten, am öftersten
vorkommenden Umgebungen der Dinge, sich
entwickeln und handeln, sich immer freyer und
vielseitiger entwickeln, immer weiser und edler
handeln.

Wir verschlingen den Werther; wir durch-
denken den Wilhelm Meister: wir fühlen uns
tief gerührt durch jenen; wir fühlen uns veredelt durch diesen: mit bangen Schauern lesen
und wiederlesen wir den ersten Roman; mit
wahrhaft-menschlichem Wohlbehagen den anderen. Seyd ihr unglücklich? Seyd ihr verliebt? Fühlet ihr euch von gewaltsamen Leidenschaften zerrissen?

Leset den Werther!

Habt ihr viel erfahren? viel beobachtet? viel und oft in den Spiegel eures beſſern Selbſt hineingeſchaut? Und iſts euch (was es ſo weni, gen iſt) ein wahres Intereſſe, dieſes beſſere Selbſt in Geſinnungen und Handlungen immer reiner, immer treuer nachzubilden und auszu, drücken?

Leſet den Meiſter!

Werther wird euch einige, angenehm, traurige Momente unterhalten; Meiſter wird euch für ein ganzes Leben belehren und beſſern: Werther wird, wie eine ſympathetiſche Muſik, erhaben, phantaſtiſch eure Leidenſchaft zerſtreuen: Meiſter wird, wie ein Blatt aus dem Buch wahrer Menſchen, Weisheit, euren Geiſt erleuch, ten, euer Herz zu jedem wohlthätigſten Ge, fühl erwärmen.

Noch eine Bemerkung, die, über alles be, herzigungswerth an ſich, zur Auffaſſung des wahren Geſichtspunktes dieſes neueſten Göthi, ſchen Romans, und des Meiſterſchen Charakters insbeſondre, nothwendig iſt, wenn ſie gleich ge, wiſſermaßen nur als Reſultat unſerer bisherigen Erläuterungen angeſehen werden kann.

Der große Königsberger, Philoſoph behaup, tet mit Recht, daß alle unſere Ideale des Schönen nichts anders ſind, als gleichſam die Mittelzahl oder Mittel, geſtalt zwiſchen

den zahllofen Individuen und Einzel = Wefen,
die fich unferer beobachtenden Anfchauung in der
Wirklichkeit darftellen, und aus welchen unfere
Einbildungskraft mit fchöpferifcher Hand Ein
Bild, Eine Geftalt zufammenfeßt, die keiner der
wirklich = angefchauten gleicht, aber von jeder
derfelben etwas, von allen das Mittel hat: (fo
— unfre Denk = bilder von einem fchönen Munde,
fchöner Stirn, fchöner Hand; denen nichts
wirkliches diefer Gattung durchaus ent=
fpricht, alles aber, ein häßlicher Mund,
eine unregelmäßige Stirn, eine nicht = fchöne
Hand felbft nicht ausgenommen, ähnlich ift.)

Auf gleiche Art befteht auch das Ideal
ächter, reiner Menfchheit weder in hohen,
außerordentlichen Geifteskräften, die das Ge=
nie ausmachen; noch in großen und kühnen
Leidenfchaften, und darauf beruhender aufferor=
dentlicher Thatkraft des Willens; die den we=
fentlichen Charakterzug des Helden
zeichnen. Beydes, das Genie und der Held,
find gleichfam die äußerften Enden (Extre-
me) der Menfchheit, d. h. ihrer Geiftes = und
ihrer Willens = Kraft.

Aber zwifchen beiden ziehet fich die fchöne
Mittel = linie der reinen Menfchheit,
das ächte Ideal menfchlicher (intellektueller

und moralischer) Schönheit und schöner
Menschlichkeit hin: zwischen dem Genie,
und dem Helden liegt es in der Mitte: und
heißt — ein erleuchteter Geist, und ein
edles Herz.

Ein erleuchteter Geist und ein edles Herz
bilden also das höchste Ideal der Menschheit, welches wir, mit einem eigenthümlichen
Ausdruck, die reine Menschheit benahmen
wollen.

So wie weder Aphroditens Herzen-schmel-
zende Weiblichkeit, noch Jupiters alles-überra-
gender Männer-Adel, die höchste körperliche
Schönheit bilden, die wir allein in Apollo's
Jünglings-Männlichkeit, verschmolzen mit jung-
fräulicher Weiblichkeit, bewundern: eben so er-
füllen weder Newton, als großer Denker,
noch Göthe, als ästhetischer Künstler und Empfinder, noch Friedrich als Held und Erobe-
rer, das wahre Ideal der Menschheit.

Wie viel müssen wir hinzuthun zu Genie's,
wie Voltaire, wie Mirabeau, um sie achtungs-
und liebenswerth zu finden? wie viel abziehen
von Friedrichs mancher, von ihm selbst einge-
standenen schwachen oder tadelhaften Seite, um
in unserer Bewunderung für seine Geistesgaben
und Grosthaten nicht durch unangenehme Gefühle unterbrochen zu werden?

Um in einer oder mehreren Wissenschaften als großer Denker, in einer oder mehrerern Künsten als erfinderisches Genie und großer Künstler zu glänzen, wie einseitig, wie eingeschränkt muß sich da nicht meistentheils der Geist und der ganze Mensch bilden? Liegt nicht in eben dieser Einseitigkeit, dieser Eingeschränktheit großer Denker, Künstler und Helden die fruchtbarste Ursache der Sonderbarkeiten, Thorheiten und Verkehrtheiten, deren man sie meistentheils und mit Recht, von je her beschuldiget hat. Sagen wir nicht, durch die mannigfaltigsten Erfahrungen dieser Art belehrt, so allgemein-wahr, daß eine Welt voll lauter Genies und lauter Helden nicht bestehen könnte?

Denken wir uns, wie wir's uns mit dem erhabensten Geistesschwunge, dessen unsre Vernunft fähig ist, immer zu denken pflegen, eine allerhöchste Weisheit und Güte als den Urheber und Anordner dieses Weltalls und der menschlichen Dinge; so konnte es den Zwecken derselben, nach allen ihren andern uns bekannten Absichten, unmöglich angemessen seyn, lauter Genies oder Helden zu schaffen: wenn sie gleich in der Reihe menschlicher Begebenheiten einzelne Menschen von großer Denkkraft und kühnem Unternehmungsgeist sehr wohlthätig zu nutzen und

zur Beförderung ihrer weisen Absichten zu brau
chen wuste.

Je mehr die Menschheit sich ausbildet und
vervollkommnet: desto weniger braucht es großer
Revolutionen und gewaltsamer Umwandlungen
der Dinge, wie sie da gewöhnlich durch große
Geister und außerordentliche Menschen hervorgebracht wurden: desto allgemeiner verbreitet,
desto richtiger vertheilt sich die Masse nöthiger
Einsichten und brauchbarer Thatkräfte des Willens unter allen Ständen und Klassen der Menschen: desto unnöthiger, und zugleich desto
schwerer wird es auch, als Genie — oder als
Held zu glänzen.

Wenn also weder blos Denken, noch blos
Empfinden, noch blos Handeln, die Bestimmung des Menschen ausmacht: wenn vielmehr
ein gewisses harmonisches Gleichgewicht in der Entwickelung und Beschäftigung dieser in uns schlummernden Kräfte,
um einen Ausdruck der Mahlerey in die moralische Psychologie zu übertragen, als die wahre Haltung unseres Wesens, und als
das unentbehrlichste Bedürfniß für das würkli-
che und thätige Leben angesehen werden muß;
(weil der Mensch nur alsdann gleichsam ein
harmonisches, in allen seinen Kräften und Anlagen mit sich selbst übereinstimmendes Ganze

bildet): bey welchem Grade der Bildung des Geistes und des Herzens werden wir jenes Gleichgewichts aller unsrer Kräfte am meisten fähig seyn? Wir antworten: Wenn wir **erleuchtet denken, zart empfinden, und edel handeln!**

Genie und Heldenthatkraft sind freilich durch ihre Natur weder mit einer aufgeklärten Denkungsart, noch mit zarter Empfindung, noch mit einer edlen Handlungsweise unvereinbar: es gab Genies, es gab Helden, die alle drey Elemente jenes harmonischen Gleichgewichts unsers intellektuellen Seyns meistentheils sehr glücklich vereinigten.

Aber das hervorstechende und außerordentliche der Denk- oder Empfindungs- oder Thatkräfte, wodurch allein nur große wissenschaftliche Erfinder oder Dichter und Künstler, oder Helden möglich sind, giebt dem Geist allemal einen ganz natürlichen Ueberschwung entweder für das Denk- oder für das Empfindungsvermögen, oder für die Willenskraft, und stört dadurch jenes harmonische Gleichgewicht. Eine gleiche, diesem letztern höchst ungünstige Einseitigkeit erfordert die **wirkliche Ausbildung** der Anlagen zum Genie oder Helden; indem selbst die außerordentlichsten dieser Anlagen, unbegünstiget durch die äußern Umstände, und unangebaut durch vorzügliche Sorgfalt für ihre Entwickelung, auf immer, wie im Schlummer begraben liegen.

Wenn wir dagegen, ohne durch einen unwiderstehlichen Trieb für die einseitige Ausbildung der einen oder der andern, unter den genannten Kräften hingerissen zu werden, alle unsere Kenntnisse auf die Erleuchtung des Verstandes durch die wichtigsten und allgemein-brauchbarsten Wahrheiten anwenden, und die so erlangten Einsichten selbst wieder zur Veredlung und Beglückung unsrer Selbst und anderer benutzen: dann gelangen wir zu jenem harmonischen Gleichgewicht aller unserer Kräfte, zu jener glücklichen Uebereinstimmung unseres intellectuellen und moralischen Wesens in allen seinen verschiedenen Elementen: dann erfreuen wir uns der schönsten und wünschenswürdigsten aller Gaben, welche der Himmel seinen Lieblingen unter den Sterblichen darreicht, und wovon es nach allen Anlagen, die wir in der moralischen Welt getroffen sehen, sein ernster Wille ist, daß die gesammte Menschheit und jedes Einzel-wesen damit beglückt werden soll: wir erfreuen uns eines erleuchteten Geistes und eines edlen Herzens.

Aber freilich gehört es mit zu dem Verderbnis der moralischen opinion publique der cultivirten Menschheit, (ich bitte um Verzeihung wegen dieses aus der französischen Revoluzion übertragenen Ausdrucks) daß wir auf außerordentliche Geistes-und Willenskräfte, daß wir auf Genies und Helden, einen so uneingeschränkten, einen fast unbedingten Werth setzen. Der Grund dieser Bewunderung ist, wie wir wissen, psychologisch-ästhetisch, ist in dem uns angebornen Gefühl für das große, seltene, ungewöhnliche zu suchen. Große Maßen, besondere Gestalten, befremdende Abweichungen von der Regel, in der Geister- so wie in der Körperwelt, erschüttern, reizen, unterhalten die Einbildungskraft.

Der Anblick außerordentlicher Kräfte des Geistes, wie des Willens, an andern, erhöht auf einige Augenblicke das Gefühl unserer eigenen: und die natürliche Bewunderung für dieselben scheint uns von der Hand der weisen Natur insbesondre in der Absicht eingeflößt zu seyn, uns zur Entwickelung der in uns schlummernden Anlagen und zur möglich-größten Erweiterung des Würkungskreises unserer Thätigkeit anzuspornen.

Alle ästhetische Kunst, alle Darstellungen der Redner, Dichter und Schauspieler, der Mahler, Bild-

Bildhauer und Tonkünstler sind auf dem Gefühl
für das große, neue, seltene, außerordentliche,
als auf ihrem Grunde, erbaut. Denn Gegenstände dieser Art allein reißen, unterhalten,
rühren, erschüttern uns.

So wie aber die Sinnlichkeit bey dem Menschen überhaupt herrschender ist, als die Vernunft,
und diese von jener nur zu leicht überwältiget
wird: so vergessen wir auch, nach dem, was
wir schon oben anmerkten, über der ästhetischen Bewunderung für das große und außerordentliche, der moralischen Schätzung
des wahrhaft-heilsamen und edlen in dem Gebrauch und Aufwand ausgezeichneter Geistes-
oder Willenskräfte, und werden, durch die ge-
nievollen und energischen Darstellungen der
Künste, oder auch durch die Erzählung geschicht-
lich wahrer Thatsachen, (gewohnt, bey allen
noch so geist- und herzerhebenden Spielen unserer Einbildungskraft, nichts, durchaus nichts in
der Wirklichkeit um uns her verändert zu sehen,
oder auch selbst verändern zu können) fast
zu nichts anderem angeregt, als zu einem gewissen unstäten, unbestimmten Triebe nach Wech-
sel und Veränderung, zu einem gewissen Streben über den uns angewiesenen Glücks- und
Pflichten-Kreis hinaus, zu übermäßigen Wünschen, überspannten Planen und fantastischen

C

Hoffnungen: wir lernen das beſſere lebhaft
ſchätzen, ohne unſer ſchlechteres dagegen austau-
ſchen zu können: lernen den Beſitz des gegenwärtigen anekeln, ohne unſere Wünſche für das
eingebildete verwirklichen zu können: wir finden
uns ſo behaglich in der erdichteten Welt, um
die Menſchen und die Dinge in der würklichen
deſto bitterer zu haſſen.

Kurz: die gewiſſeſte, dauerndſte und faſt
einzige Wirkung unſerer ſo genannten
ſchönen Künſte iſt der Hang zum Abentheuerlichen, dieſer Hang, der Schärmerey
und Flatterhaftigkeit in den Jünglingen, grund-
loſe Plan- und unbedachtſame Neucrungsſucht in
dem männlichen, und Unzufriedenheit und Ta-
delſucht in dem Greiſen-Alter, ſo verderblich
nähret.

Aus allem, was bisher geſagt worden, geht
hervor, daß ein Charakter, der das Bild reiner Menſchheit zurückſtrahlen ſoll, mit keinen außerordentlichen, weder Geiſtes- noch Wil-
lenskräften ausgeſtattet, daß er weder Genie
noch Held ſeyn darf, ſondern zwiſchen beyden
äußerſten Endpunkten unſerer geiſtigen Energien
die Mittellinie bezeichnen, das heißt, daß er
ein Menſch — höchſtens von ausgezeichneten Gaben mit einem erleuchteten

Geist und mit einem edlen Herzen seyn muß.

Und einen solchen stellet uns Göthe in seinem Wilhelm Meister auf. Der Dichter schildert seinen jungen Freund als einen Jüngling von leicht-anzuregender, feuriger Einbildungskraft, von zartem und starkem Gefühl, von früher und nicht-unglücklicher Strebsamkeit, Dichter- und Schauspieler-Talent zu entwickeln. Nirgends aber läßt er uns Proben einer wahrhaft-dichterischen, originellen Productionskraft von demselben sehen: nirgends läßt er ihn als Schauspieler mit einem hinreißenden, alles-bezaubernden Beyfall empfangen oder beklatscht werden. Er dichtet, und dichtet glücklich; aber nicht wie Göthe: er spielt die Rollen seines Schauspiels mit Gefühl und Wahrheit, und nicht ohne Beyfall: aber er ist weder Fleck noch Iffland. Selbst seine Liebe für Marianens rührende Reitze hat mehr zärtliches, wahres, inniges, wie es die Jünglingsliebe einer unschuldigen Seele immer zu haben pflegt, als hohes, tragisches, und noch weniger fantastisch-überspanntes.

Ein Jarno giebt ihm neue Ideen, belehret ihn; ein Serlo übertrift ihn an gewissen schätzbaren Einsichten, wenn gleich nicht an ästhetischem Gefühl, und seinem, richtigem Urtheil über das wahre Wesen der Dicht- und Schauspielkunst: der Abbe und Lothario sind ihm offenbar über- legen; jener als origineller Philosoph, die- ser als erprobter Weltmann. Meister ist ein Geist von vorzüglichem Talent: er ist nicht Genie. Aber ist er vielleicht Held? Nirgend setzt er uns in Erstaunen oder in Be- wunderung durch außerordentliche Anstrengun- gen oder alles hingebende Aufopferungen; nir- gend läßt ihn der Dichter seltene, große Schick- sals-Kämpfe bestehen: nirgend für unendliche, unerreichbare Plane übermäßige Kräfte anwen- den. Seine Liebe für Marianen hat, wie wir schon bemerkten, eine seltene, aber keine erstau- nenswürdige Energie; es bleibt ihm so gar Muth und Entschlossenheit genug, sie moralischen Rücksichten unterzuordnen. Seine Bemühungen und Aufopferungen für Mignon und den Harf- ner, für Unterhalt und Aufnahme der Schau- spieler-Truppe, sind die Kraftäußerungen mehr einer edlen, als einer großen Seele: seine Plane zur Veredlung des teutschen Schau- spiels und teutscher Schauspielkunst, sind nicht die Plane eines in's Unendliche, Ungeheure hin- ausstrebenden Geistes. Das von ihm gewünschte, gesuchte, und — vielleicht nur durch die Kunst des Dichters — ziemlich glücklich-bestandenen Abentheuer mit der Gräfin, gewisse Auftritte

mit Philinen, die ganze Beweglichkeit seines
Herzens durch Weiber-Hand, die endliche Auf-
gebung seines Plans für Schauspiel und Schau-
spieler-Kunst; so wie insbesondere auch dies,
daß er gleichsam vom Anfang bis zum Ende
seiner Entwickelung das Spiel einer zu seinem
Heil verbündeten, ihm unbekannten Gesellschaft
ist: alles dies spricht, nach den erklärtesten Absichten des Dichters selbst, keinen Helden.
Meister ist ein junger Mann von hellen Einsichten, erweitertem Geist, erhöhtem Kunstsinn, edlen Gesinnungen, und insbesondere auch von einer gewissen eigenthümlich-standhaften
und nie erschlaffenden moralischen
Energie. Jeder erleuchtete Geist, jedes edle
Herz, kann sich durch diese Irrthümer täuschen, mit diesen Fehlern fehlen, zu diesen
Leidenschaften verleitet werden; muß aber auch
mit diesen Kräften gegen seine Irrthümer,
Fehler und Leidenschaften ankämpfen.

Meister ist weder Genie noch Held:
aber er handelt, auf der Wage moralischer
Würde gewogen, größer als beyde: er be-
zieht alle seine Kenntnisse auf Erleuchtung des
Geistes durch die Erkenntniß des wahren, guten
und schönen: und wuchert dann mit derselben
zur Veredlung und Beglückung seiner selbst und
anderer.

Denselben Geist moralischer Veredlung hat der Dichter in den Charakter der
schönen Seele gebracht, deren Geständnisse
er uns in dem sechsten Buch liefert, und in
welcher er, wie er's in dem letzten Theil der
Lehrjahre selbst andeutet, ein Beyspiel eines überbildeten Moralsinnes aufstel-
len wollte. Alle rein-religiöse Schwärmerey, so wie sie sich da in der zarten Seele
eines Fenelon, eines Rowe äußert, ist nichts
anders, als Ueberspannung des Moral-
Gefühls, welches in dem Umgange mit Gott
und höhern Wesen und in der Welt des Uebersinnlichen seine höchsten Zielpunkte sucht:
das Ideelle des Moral-gesetzes, nemlich,
wie es da der große Stifter der Kritischen Philosophie sehr richtig entwickelt hat, täuscht die
Seele so leicht bis zur Verwirklichung; die,
so getäuscht, dasjenige ausser sich sucht,
was eigentlich in ihr liegt, und das zu-
rückgestrahlte reine Bild ihrer eignen
schönen Gestalt für ein besonderes, selbst-
ständiges Wesen, und das nicht-sinnliche für
übersinnlich hält. Daher waren (was das
Jahrhundert des Unglaubens sich schwerlich wird
überreden lassen) alle rein-religiöse Schwärmer
allemal sehr moralische-edle Menschen: und die

so genannte Mystik hat um die Verfeinerung des Moral-sinnes sehr wesentliche
Verdienste, die von den Philosophen bis dahin noch nicht genug anerkannt worden. Aber so
wie, nach unsern bisherigen Erläuterungen,
Kunstsinn den Dichter und Künstler, Thatkraft
den Helden, sehr oft über die heiligen Schranken der Moral hinausreißen: so tritt durch
religiöse Schwärmerey der Moralsinn
über seine eignen Schranken hinaus, und
erweitert sich, gleichsam auf Kosten des
Kunstsinnes, oder der Denkkraft, und nicht selten sogar auf Kosten edler moralischer Thätigkeit. *)

Denn so sonderbar auch der letzte Zug in
dem Charakter religiöser Schwärmerey scheinen
mag: (indem moralische Veredlung offenbar der
Strebe-Punkt aller Mystik ist; und grade diesen verliert hier die Seele aus den Augen) so
ist er doch durch die Geschichte der Mystiker,
und selbst der achtungswer-thesten unter ihnen,
hinlänglich bestättiget; und Göthe selbst winket
denselben in den Geständnissen der frommen
Seele an verschiedenen Stellen. Der Grund
dieser sonderbaren Erscheinung ist kein andrer,

---

*) Mystiker versinken nemlich oft in eine gänzliche
Gleichgültigkeit gegen alle Pflichten der Menschheit.

als der: daß die, durch die Verwirklichung
ihrer eigenen Ideale getäuschte Seele an diesen
Idealen, die ihrem eigenthümlichen Schwung für
das geistige so einzig schmeicheln, so einzig
hängt, und die wenig befriedigende Wirklichkeit,
die überhaupt für Geister solches Schwunges
etwas gemeines hat, darüber vernachläßigt: so
wie ein großer Theil von Menschen oft vielmehr an erträumten Hoffnungen der Zukunft,
als an wirklichen Gütern der genusvollen Gegenwart hängt.

Bewunderungswürdig-fein psychologisch hat
der Dichter (Siehe Sechstes Buch) den Mo-
ment gezeichnet, wo die schöne Seele aus dem
Dunkel der Mystik in die helle Welt der Philosophie über Natur und Kunst hinüberblickt,
und ihre religiöse Gefühle durch deutliche Begriffe aufklärt. Weislich läßt er's unbestimmt,
ob sie in der Folgezeit mehr der Philosophie
oder der Mystik treu geblieben? Seelen dieser Gattung ist es selbst, und vielmehr noch
dem fremden Beobachter, schwer, von dem eigentlichen Zustande ihres Geistes Rechenschaft
abzulegen, und zu sagen: ob in der dunklen
Helle, und dem hellen Dunkel, welches die
Mystik allemal über die Seele verbreitet, mehr
Tag oder mehr Nacht herrsche? Doch scheint
der Dichter nicht unverständlich anzudeuten,

daß Mystik fortdauernd, auch nach jenen mo-
mentanen Blitzen von Philosophie, der herr-
schende Grundton der schönen Seele geblieben: worin er eben so glücklich die Natur
copirt hat. Leichter ists, kann man sagen, einen moralischen Sünder zu bekehren, als eine
mystische Seele bis auf den Grund zu erleuchten: denn der ganze Umfang der sinnlichen Natur, die man sie kennen lehrt, bietet ihr nichts
zum Ersatz des Uebersinnlichen dar, aus dessen
Besitz man sie heraustrieb; und von jenen, über
alles schätzbaren, Gütern bleibt nichts als ein
ungeheurer, leerer, ewig-unausfüllba-
rer, Raum, vor welchem der einst so reiche
Geist nicht anders als bange zurückschauern
kann. Ein solcher Geist gleicht einem, vom
Thron gestürzten, Könige: unvergeßlich ist ihm
seine einst-besessene Größe. Dem Verfasser von
Meisters Lehrjahren wird es übrigens jeder moralische Psychologe danken, daß er am Schluß
eines Jahrhunderts, vor dessen Leichtsinn und
Unglauben, (so oft verdeckt mit der schmeichelnden
Ueberschrift: „Aufklärung“,) nichts weniger Verzeihung findet, als religiöse Schwärmerey, dieses in seiner Art einzige, jedem Philosophen
höchst merkwürdige Phänomen des menschlichen Geistes, aus einem Gesichtspunct gezeigt
und dargestellt hat, der eben so wahr, als

schön ist, und den die kleinen Seelen vieler
unter den allerneuesten Theologen kaum zu fassen fähig sind. Vielleicht giebt es in dem Charakter der ganzen Menschen-Natur keinen be-
deutungsvollern und keinen erhabnern
Zug, als den Hang zur Mystik, von dem
jeder unverdorbene Mensch etwas hat.

Aber — für gewisse Wahrheiten, wenn sie
von den Hörern, oder Lesern mit der ganzen
Fülle ihrer Kraft vernommen werden sollen,
giebt es, so wie für eine große Musik, wenn
sie mit jedem erhabensten und jedem feinsten
Ton, nach ihrem Gesamt- und nach jedem Ein-
zel-Eindruck, ins Ohr fallen soll, nur gewisse
Oerter, wo sie gesagt werden müssen. Und
dieser Ort ist nicht grade hier.

Ein rein-moralischer Charakter, rein von religiöser Schwärmerey, und (so wie ihn uns
wenigstens der Dichter erscheinen läßt) rein
selbst von Schwachheiten der Triebe und Leidenschaften, ist „Natalie."

Was Wilhelm von dem gemahlten Bilde der
schönen Seele der Tante Nataliens, zu der
letztern sagt: „das Bild gleicht Ihnen im allgemeinen, recht sehr gut, doch sind es weder Ihre
Züge, noch Ihr Charakter": das können wir
sehr schicklich auf den Geistes-Charakter dieser

beyden edleren Originale von schönen Weiberseelen anwenden.

Wäre Natalie, statt Niece, die Tante der
schönen Seele und diese statt der Tante die
Niece Nataliens gewesen, und hätten zugleich
ein zarter Körperbau, und eine einseitige Bildung — Nataliens Geist eben so eingeschränkt,
wie nun den Geist der schönen Seele: so würden, nach allen Zügen der Göthischen Darstellung, Tante und Niece ihre Geistescharaktere
gewechselt und jene die rein moralische Seele,
diese — der Mystiker geworden seyn. Aber
nun merkte die Niece ihrer Tante zu viel Beschäftigung mit sich selbst, und eine gewisse
sittliche und religiöse Aengstlichkeit (es sind die
eignen Ausdrücke Nataliens) als kleine Flecken
ab, wischte diese aus ihrem eignen Geist weg,
und ward — Natalie. Beyde Seelen sind von
einem Grundstoff: die äußern Umstände allein
modelten diesen so, jenen anders: aber auch in
der verschiedenen Form fällt dem Auge noch die
treffendste Aehnlichkeit auf. So sagen wir von
Mutter und Tochter, die sich sehr ähnlich sind:
diese Mutter war einst eine solche Tochter!
und diese Tochter wird einst eine solche Mutter werden! (Künftigen Moral- psychologen
werden diese Bemerkungen über die Assimila-
zion der Geister z. B. eines Horaz und eines

Ramler, eines Alexander und eines Karl XII,
nicht unbrauchbar seyn.)

„Sie haben sich, (sagt Wilhelm zu Natalien)
sie haben sich, man fühlt es Ihnen an, wol
nie verirrt: sie waren nie genöthiget, einen
Schritt zuviel zu thun." Dies ist ohne Zweifel
das höchste, was von einem moralischen Charakter gerühmt werden kann: und Natalie setzt
mit der, reinen Seelen eigenthümlichen, Frey-
müthigkeit, (die eben, weil sie Eitelkeit ver-
schmäht, auch ihr eignes Lobenswürdige aner-
kennt) hinzu: „Das bin ich meinem Oheim und
dem Abbe schuldig, die meine Eigenheiten so
gut zu beurtheilen wusten."

**Und welches sind die schönen Züge
dieser moralischen Engelgestalt?** Tiefe
Empfindsamkeit für die Bedürfnisse und Leiden
der Menschheit, für jedes zufällige oder ver-
schuldete Misverhältnis in der moralischen
Welt; eine unermüdet thätige Strebsamkeit,
diese Misverhältnisse auszugleichen, jene Bedürfnisse zu befriedigen, jene Leiden zu mildern.
„Das Kind, das noch nicht auf seinen Füßen
„stehen konnte, der Alte, der sich nicht mehr
„auf den seinigen erhielt, das Verlangen einer
„reichen Familie nach Kindern, die Unfähigkeit
„einer andern, die ihrigen zu erhalten, jedes
„stille Verlangen nach einem Gewerbe, den

„Trieb zu einem Talente, die Anlagen zu hun-
„dert kleinen nothwendigen Fähigkeiten, diese
„überall zu entdecken, schienen meine Augen von
„der Natur bestimmt".

Nicht wahr? wir hören da einen milden,
wohlthätigen Schußgeist sprechen, den, nach
dem schönen Glauben der Alten, die Götter
den schwachen Sterblichen zur Unterstützung ihrer Schwachheit an die Seite gesetzt, und der
hier mit einem Munde, welcher nur holde, trö-
stende Worte spricht, die Zwecke seiner Sen-
dung unter die Menschen verkündiget.

Voll tiefer Bedeutung ist es, wenn Natalie gleich darauf hinzusetzt, daß die Reize der
leblosen Natur, und noch mehr die Reize der
Kunst geringe, oder gar keine Wirkung auf sie
äußerten, und daß die Auffindung von Ersatz,
Mittel, Hülfe gegen Mangel oder Bedürfnis
der Menschheit sie fast einzig vergnügte, so wie
einzig beschäftigte.

Treffend wahr bemerkt Kant, daß reines
Wohlgefallen an Naturschönheiten mit dem
Moralgefühl am nächsten verwandt ist; und
daß Seelen, von jenem durchdrungen, meistentheils auch für jede Menschenpflicht sehr zart
empfinden. Aller wohlthätige Einfluß der Natur durch Kunstschönheiten, (wir wollen sagen,
ächter Darstellung durch Rede, Dichtkunst,

Mahlerey, Ton- und Schauspielkunst) beruht
auf der innigen Verwandschaft zwischen unserm
angebornen Sinn für das Schöne und für das
Gute: wenn gleich Erfahrung und Wirklichkeit
uns beyde, leider! nur zu oft, durch eine ungeheure Kluft getrennt zeigen.

In einer so durchaus reinen und original-
moralischen Seele dagegen, in einem moralischen Genie (möchte ich fast sagen,) als uns
der Dichter in Natalien aufstellt, kann der
Moralsinn auf eben die Art über das Gefühl
für das Schöne der Natur oder der Kunst das
Uebergewicht behaupten, als in mathematischen
oder dichterischen Genies der Kunstsinn für Ma-
thematik und dichterische Darstellung überschweng-
lich ist, und alle andern Fähigkeiten und Neigungen der Seele gleichsam verschlingt. Der
moralischen Bedürfnisse, denen abgeholfen, der
Leiden, die gemildert werden sollen, sind so
viele, und die Strebsamkeit dafür wird so mannigfaltig und so dringend aufgerufen, erfordert
einen so fortgesetzten Kraft-Aufwand, daß selbst
das, nächst dem Gefühl für das Gute, edelste,
und wohlthätigste unserer Natur, das Gefühl
für das Schöne nämlich, aufgeopfert werden,
ja fast unausgebildet bleiben muß. Zu geschweigen, daß die lebenlose Natur, und noch leblo-
sere Kunst, selbst in ihren energievollsten und

erhabensten Kraftäußerungen, nichts, durchaus
nichts vergleichbares haben mit dem Adel und
der Würde freyer, moralischer Geschöpfe, und
daß derjenige, der sich (wie Natalie) mit Geist
und Herz auf diese Seite wendet, gar leicht
gleichgültig, durchaus gleichgültig gegen jene
werden kann. Daher zählen wir diese Gleichgültigkeit Nataliens gegen die Reitze
der Natur und der Kunst mit Recht zu den
bedeutendsten Zügen ihres Moral-
genies.

*   *   *

Alle so genannten Werke der Liebe betreffen
immer nnr einzelne Bedürfnisse, oder einzelne Gebrechen an dem Menschen: nichts trift
den ganzen Menschen, nach Körper und
Geist, nach Geist und Herz, nach Sitten und
Schicksalen, nach Gegenwart und Zukunft, so
innig, so allseitig, als Erziehung und Geistesbildung. Nataliens süßeste und vorzüg-
lichste Beschäftigung ist es, junge Mädchen
zu erziehen, und, um ihren eignen Ausdruck zu brauchen, sie zum Guten und Rechten
zu bilden. Und welche Erzieherin! Die es so
ganz beherziget, „daß, wenn man ein Kind nennet, man nicht den Gegenstand, sondern
seine Hoffnungen ausspricht." Aus welcher au-

dern Schule werden der Menschheit süßere und
gewissere Hoffnungen sprossen, als aus dieser,
wo eine Lehrerin von diesem Geist und diesem Herzen junge Geister und zarte Herzen
bildet?

Menschen von streng-moralischen Sitten und
festen Grundsätzen dulden selten auch nur
Schwachheiten, und noch weniger Laster an andern: am allerwenigsten aber Grundsätze, welche denen, die sie nähren, und vielleicht noch
mehr denen, die durch sie nach diesen Grundsätzen sich bilden, verderblich werden könnten.
Nicht so Natalie. Der Abbe hat schnurstracks
entgegenlaufende Grundsätze, und eine ganz entgegengesetzte Erziehungsweise: nach der ihrigen
ist alles bestimmt, abgemessen, Regel; und man
kann nicht früh genug eilen, die zarte Natur in
diese Regel zu schmiegen: „wie ich die Menschen sehe, sagt sie einmal, scheint in unsrer
Natur immer eine Lücke zu bleiben, die nur
durch ein entschieden-ausgesprochenes Gesetz
ausgefüllt werden kann.“ Bey dem Abbe dagegen ist alles lose, locker, unbestimmt; und man
muß jeden Menschen durch eigne Abweichungen von der Regel die Regel selbst finden, und
sich nur desto sicherer darnach bilden lassen. So
verschieden denken, handeln beyde: und Nataliens eigner Bruder wird von dem Abbe nach

dieser,

dieser, ihm selbst mehr gefährlich als heilsam
scheinenden Methode erzogen. Aber mannichfal-
tige Erfahrungen von der Vielseitigkeit und
Bildsamkeit der Menschen-natur haben sie ge-
lehrt, eine solche, der ihrigen ganz entgegengesetzte, Erziehungsmethode wenigstens als
Versuch zu dulden. Denn nach allem liegt
die einzig-wahre Pädagogik zwischen beyden in
der Mitte: und einige Geister kann man nicht
früh, andre nicht spät genug in die Fesseln der
Regel schlagen: einige bedürfen des Zaums, andre des Spornes.

Dieselbe Erweiterung des Geistes, dieselbe
Veredlung des Herzens, spricht in allen ihren
Reden, in allen ihren Beobachtungen über Na-
tur, Kunst und Menschenbildung.

In Hinsicht auf die letztere — billig der
Lieblingsgegenstand einer solchen Denkerin —
äußert sie folgende Betrachtungen, (über die
Rousseau in seinem Aemil commentirt haben
würde,): „Wie oft macht der gute Mensch sich
„Vorwürfe, daß er, nicht zart genug gehandelt
„habe: und doch, wenn nun eine schöne Natur
„sich allzugut, allzugewissenhaft bildet, ja, wenn
„man will, sich überbildet, für diese scheint
„keine Duldung, keine Nachsicht in der Welt
„zu seyn.‟

D

: Wohl muß man von einer höchst veredelten Natur seyn, um eine moralisch-überbildete Natur, muß eine Natalie seyn, um eine schöne Seele (denn von dieser redet sie hier ins besondre) nach ihrem wahren und vollen Werth schätzen zu können. Eben dieser Tante legt sie bey — „eine Reinlichkeit des Daseyns, nicht allein „ihrer selbst, sondern auch alles dessen, was sie „umgab; eine Selbstständigkeit ihrer Natur und „die Unmöglichkeit, etwas in sich aufzunehmen, „was mit der edlen, liebevollen Stimmung „nicht harmonisch war."

Ich finde bey keinem Moral-psychologen, ich finde selbst in Meisters Lehrjahren, keine Stelle, wo uns der Verfasser, als Denker und als Empfinder, so tief, und zugleich so klar die reine, unverdorbene, natürlich-edle, und durch eigne Anstrengung veredelte Menschennatur gleichsam bis auf den Boden durchschauen ließe, als diese, — ich setze die Ausdrücke, um sie mir desto tiefer einzuprägen, unverändert, noch einmal her, von der „Reinlichkeit unseres menschlichen Daseyns, von der erhabenen Selbstständigkeit unserer Natur, und der Unmöglichkeit, etwas in uns aufzunehmen, was mit der edlen, liebevollen Stimmung nicht harmonisch ist."

Schmutz, Unreinigkeit des Geistes und des Herzens ist jede Thorheit, jedes Laster, und jede Unregelmäßigkeit, der wir uns überlassen: sie entstellen das schöne, engel-reine Antlitz unsrer besseren Natur, deren ewig-helle, unverlöschbare Züge uns das Gewissen (oder der Moralsinn, oder wie wir's sonst nennen wollen), wie ein Spiegel vorhält, damit wir unsre wirklichen Gesinnungen und Handlungen darnach regeln, und gleichsam schmücken. Denn durch edle, feste, sich selbst immergleiche Gesinnungen und Handlungen wird der Mensch allein nur ein Selbst, das heißt, ein von Eindrükken der Sinnlichkeit, von äußern Umständen und Zufälligkeiten unabhängiges, wahrhaft-moralisch-freyes Wesen, und steht da, er, eine der bedürfnisvollsten und abhängigsten aller Naturen, als ein durch sich selbst bestimmtes, vollendetes Ganze. Alles, was jenen Gesinnungen, jenen Handlungen widerspricht, ist ihm unmöglich, in seiner Natur aufzunehmen: es ist wie ein Ohr- und Herz-zerreißender Misklang in einem melodischen Konzert.

Eine solche feine Denkerin und zarte Empfinderin, wie wird sie sich in denjenigen Momenten zeigen, wo jeder noch unentwickelte Keim in dem Menschen sich entfaltet, und jeder entfaltete Blüthe wird? Wie wird sie lieben?

Eben hier war es, wo der Dichter Epikurismus und Platonismus, die alten Sagen von
Physik und Moral der gewaltigsten und der
sanftesten, der zusammengesetztesten und der
einfachsten aller menschlichen Leidenschaften,
durch die feinsten Schattirungskünste eines Gui-
donisch-sanften und Raphaelisch-starken Pinsels
darstellen, entwickeln und auflösen könnte!:

So — wir: so — nicht der große Dichter.

„Sie haben wol nie geliebt?" frägt Wilhelm Meister Natalien.

und ihre Antwort?

„Nie, oder immer."

Dies Wort ist der bedeutendste und fast ein-
zig-hervorstechende Zug, den uns des Dichters
Hand aus den Tiefen dieser einzigen Seele
über die wichtigste aller Herzenslagen in das
Auge springen läßt.

„Nie oder immer"
hat sie geliebt. Ein kurzes, aber vielsinniges,
viel-umfassendes Wort. Ihr ganzes Wesen, ihr
Thun und Weben — was war es denn anders,
als Harmonie, Uebereinstimmung mit sich selbst
und mit allen edlen, unverdorbenen Wesen der
Natur um sie her? ja was war es anders, als
Liebe?

Sie hatte immer geliebt.
Aber Männerliebe, aber Geschlechtsliebe!!

.

Wenn diese nichts anders ist, als jene unse=
lige Leidenschaft, die den ungestümen Jüngling
zum Verführer, das schwache Mädchen zur Ver=
führten macht, dann, ja dann freilich hatte
Natalie —

nie geliebt.

Wenn dagegen auch Geschlechtsliebe, um mit
dem schönen Alterthum zu reden, nur ein Laut
jener ewigen Harmonie ist, wodurch alle We=
sen, wie zum Einklang verbunden werden, ein
Laut, in welchem zwey verschiedene Töne melo=
disch zusammenschmelzen: dann kann für Nata=
liens Herz auch Geschlechtsliebe nichts außeror=
dentlich überraschendes seyn. Dann gilt es auch
in dieser Rücksicht von ihr, daß sie — immer ge=
liebt.

„Nie oder immer"
bedeutend genug, um uns zu winken, daß in
Nataliens Herz auch Geschlechtsliebe mit jenem
ihr eigenthümlichen, moralischen Geistesschwun=
ge tingirt seyn werde. Und was wollen, was
brauchen wir mehr zu wissen? Grade dadurch,
daß der Dichter uns nichts weiter darüber sagt,
hat er uns alles gesagt.

„Ja Freund, sagt sie zu Meister, der in der
äußersten Verlegenheit wegen seines, der Auflö=
sung nahen, Verhältnisses zu Theresen, Nata=
liens ganzes Vertrauen auffordert, und dem sie

kurz vorher betheuert hat, daß ihr Glück nur das
Glück ihres Bruders Lothario seyn kann. „Ja
Freund, sagt sie lächelnd, mit ihrer ruhigen,
sanften, unbeschreiblichen Hoheit: „es ist viel
„leicht nicht außer der Zeit, wenn ich Ihnen
„sage, daß alles, was uns so manches Buch,
„was uns die Welt als Liebe nennt und zeigt,
„mir immer nur als ein Mährchen erschie-
„nen sey."

Wie wahr! wie würdig der feinen Denkerin und zarten Empfinderin! Die Liebe ist nicht,
was Schwärmerey sie dem Jünglinge, was tän-
delnde Vergnügungssucht sie dem Weltmanne,
was Eigennutz und Eitelkeit sie dem Selbstsüch-
tigen scheinen macht: sie ist nicht blos Epikurismus, und nicht blos Platonismus;
nicht blos physisch, und nicht blos moralisch: sie ist die Schwärmerey des
Nüchternen, das Vergnügen des Edlen,
der Eigennutz des Grosmüthigen: sie
liegt zwischen Sinnlichkeit und Vernunft, zwischen Physik und Moral in der
Mitte: nicht einige, sondern alle
Energien unserer Natur, nicht ein
Theil des Menschen, sondern der gan-
ze Mensch, äussert sich in dieser sonderbarsten
aller Leidenschaften.

Wenn Dichter die Liebe anders schildern oder Philosophen sie anders erklären: so gehören jene Schilderungen zu den mannigfaltigen Uebertreibungen erhißter Phantasien, und diese Erklärungen zu den mannigfaltigen Irrthümern der stolzen Commentatoren der Natur.

Natalie denkt, empfindet, handelt, wie es die Natur mit sich bringt. Schon die alten Philosophen führten alle Moral sehr richtig auf den Grundsaß zurück: Lebe der Natur gemäß: (naturae convenienter vive.)

Wenn der Dichter im folgenden uns von Nataliens Liebe zu Meister weniger wissen läßt, als es die Neugier gewisser Leser gewünscht hätte: so wollte er damit diesen den Wink geben, daß man an ausgezeichneten Charakteren auffallende Unterscheidungen nicht grade da suchen muß wo es auf eine gewisse allgemeine und allgewöhnliche Empfindungs- und Handlungsweise oder Leidenschaft, wie hier z. B. die Liebe gewis ist, ankömmt. Er macht hier durch seine eigne Charakter-Darstellung wahr, was er den Lothario von außerordentlichen Charakteren überhaupt bemerken läßt. „Daß sie sich in gewöhnlichen Dingen nur um desto mehr in das Alltagsgleis fügen, je weiter sie in wichtigen und außerordentlichen aus demselben heraustreten."

Nächst der moralischen Natalie zieht
die ökonomische Therese unsre Aufmerksamkeit an sich; ohngefähr, so wie, nächst
der Beobachtung des heiligen Sittengesetzes, Lebensweisheit das wesentlichste Erfordernis eines
preiswürdigen Menschen-Lebens ist.

So wie es ein eignes Ideal von physischer
weiblicher Schönheit giebt, so auch von moralischer. Und hier, gestehen wir's unverhohlen,:
(denn Wahrheiten, die der Mund der Natur selbst,
laut, laut ausspricht, kann, darf, muß kein
Schriftsteller verhehlen).: Kein Weib ist moralisch, moralisch-vollkommen, die nicht
weise Haushälterin und fromme Kin-
der-Mutter ist.

Mögen uns einseitige und paradoxe Schriftsteller und Schriftstellerinnen noch so viel über-
schwatzen wollen von der völligen Gleichheit
männlicher und weiblicher Geistes- und Körperan-
lagen: mögen sie die — fast möcht' ich sagen
— neu-aufgefundene Rechte des Menschen, noch so scheinbar geltend zu machen suchen für die Verpflanzung des weiblichen Geschlechts aus der Kinderstube und dem Speise-
zimmer in die Registraturen, in die Canzeleystu-
ben und gelehrte Hörsäle: männliches Genie,
männlicher Scharfsinn, männliche Geschäftigkeit
an einem Weibe wird unserm Gefühl immer

und immer so fremde bleiben, wie eine starke Habichtsnase an einem schönen Weiber-Kopf! Verschönern, veredlen können sich Weiber durch die angeführten Männer-Tugenden. Sobald sie ihnen aber Hauptsache werden; so bald sie auf dieselbe Ansprüche gründen wollen, wodurch sie sich über weise Haushälterinnen und fromme Kinder-Mütter erheben; so stoßen sie uns zurück, und unser Herz wünschte, sie für den Besitz dieser Tugenden derer des unsrigen entbehren zu sehen.

Geist der Klugheit, Geist der Klarheit, der Bestimmtheit und des Scharfsinns für alles, was dem Auge nahe liegt — das sind die eigenthümlichen intellectuellen Anlagen der Weiberseele. Wollte man es uns erlauben, das Verhältnis des männlichen Geschlechts zu dem weiblichen in Hinsicht auf ihre gegenseitigen Geistesanlagen und eigenthümlichen Thätigkeitskreis bildlich einzukleiden, und uns dazu der Anspielung auf eine sehr bekannte Geschichte zu bedienen: so würden wir sagen: Wenn der Mann über seinen gelehrten Untersuchungen, politischen Entwürfen, oder kosmopolitischen Schwärmereyen, Gefahr läuft, seinen Weg auf Erden zu verlieren, und in die Grube zu fallen: so muß ihn das Weib, vermöge jenes ihr eigenthümlichen Geistes, davor zu bewahren; oder, wenn er vielleicht schon hineingefallen wäre, geschickt wieder herauszuziehen wissen.

In Theresen nun stellet uns Göthe das Ideal eines intellectuell-ausgebildeten Weiber-charakters und einer vollkommenen Haushälterin auf.

Meister bewundert an Theresen „ihre Kenntnis, Klarheit, Bestimmtheit und Gewandheit, in jedem Fall Mittel anzugeben," Und eben dies ist jener wahrhafte Weiberverstand für alles, was dem Auge nahe liegt.

Wir (Männer) lieben das allgemeine; die Weiber das besondre: wir gehen auf die Ursachen zurück; sie bleiben meistentheils bey den Wirkungen stehen: wir sprechen von Verbesserungen in der Haushaltung; sie machen sie. Vielleicht ward noch kein Verbesserungsplan in einem Hauswesen selbst von dem einsichtsvollsten und wirthschaftlichsten Mann entworfen, an welchem nicht eine geschickte Hausfrau, eine Therese, noch manches abzuändern, hier — gleichsam zu verkürzen, dort zu verlängern, hier wegzulassen, dort hinzu zu thun fand. Denn das ist weiblicher Geist des Details. Daher pflege ich zu sagen: Weiber sind geborne Regenten.

„Wie eine junge Ente gleich das Wasser sucht, sagt Therese, so war von der ersten Jugend an die Küche, die Vorrathskammer, die Scheunen und Böden mein Element. Die Ordnung und Reinheit des Hauses schien selbst da ich noch spielte, mein einziger Instinkt, mein einziges Augenmerk zu seyn."

Pflicht und Tugendliebe bilden Ordnung und Reinheit in unserm besseren Selbst: und Ordnung und Reinheit in den Dingen, die uns umgeben, strahlt diese innere Harmonie gleichsam nach außen zurück. Die Seele drückt den Gegenständen ihre eigne schöne Gestalt auf.

Therese und Natalie sind durch die Grundstimmung des Geistes verwandter, als wir's auf den ersten Anblick glauben würden: in beyden wirkt derselbe Geist der Harmonie;] in Natalien wirkt er mehr nach innen; in Theresen mehr nach außen: durch jenes wird Natalie ein moralisches, durch dieses Therese ein ökonomisches Genie.

Wir hörten so gern Reflexionen über Selbstbildung, Veredlung, und innere Harmonie des Menschen von Nataliens Engellippen: wen könnten wir wahrer, treffender urtheilen hören über Haushaltung, Reinlichkeit und äußerliche Ordnung, als Theresen?

Goldne Worte, werth, auf jeden Hauskalender mit jedem Jahr als Motto geſetzt zu werden ſind es, wenn ſie ſagt:

„Wohlhabend iſt jeder, der dem, was er beſitzt, vorzuſtehen weis: vielhabend zu ſeyn iſt eine läſtige Sache, wenn mans's nicht verſteht.“

„Das Geſinde muß eine Haushälterinn beobachten, wie ein Falk: denn im Vorbeygehen geſagt, darauf beruht eigentlich der Grund aller Haushaltung.“

„Niemand will dienen, nicht einmal ſich ſelbſt.

Dieſer letztere Ausſpruch allein ſchon würde Thereſen bey jeder erfahrnen Hausfrau die Meinung einer guten Haushälterin erwerben: wofern anders dieſe ſcharfen und ſchlauen Prüferinnen ſich jemals an bloßen Worten genügen ließen. Aber einen ſo wahren und oftgeſeufzten — Stoßſeufzer aller edlen Wirthſchafterinnen, den das Betragen des Geſindes ihnen abpreßt, enthält dieſes Wort. Denn in der That! der Menſch iſt bey ſeinen beſtimmteſten Anlagen zur Thätigkeit, ein ſehr läßiges und träges Geſchöpf, beſonders in allem, was **Pünktlichkeit in kleinen Dingen** betrift, die, wie bekannt, die **wahre Geſinde-Tugend** iſt.

Das Große reizt, ſpannt, unterhält: das Kleine langeweilt, verdrießt, erſchlafft uns: ein großer Theil der Menſchen lebt, moraliſch-

schlecht, und ein eben so großer, ökonomisch=
schlecht, und viele — beydes zusammen, blos,
weil jene sich nicht in die kleine Moral des
Lebens (la petite Morale, wie der Franzose sich
sehr treffend ausdrückt) diese nicht in die klei=
nen Hausangelegenheiten fügen können,
oder fügen wollen.

Da es jedem Dichter angelegen seyn muß,
den von ihm dargestellten Charakteren seines
Jahrhunderts auch dessen veredeltes Costum zu
leihen; (wie denn der Dichter überhaupt nie=
mals die gemeine, sondern eine veredelte Na=
tur zeichnet;) so gab Göthe mit Recht Theresen
ein gewisses Maas von Verfeinerung
und von Erweiterung des Geistes, wie
es freilich unsern gewöhnlichen Haushälterinnen
nur selten zu Theil wird, so selten zu Theil
wird, daß Therese, wie sie da der Dichter ge=
zeichnet hat, Gefahr läuft, von den mehresten
unter den schönen Leserinnen des Wilhelm Mei=
ster, mit verkniffener Lippe und zum feinen
Hohn verzogenem Munde, „eine doch gar zu
philosophische Haushälterinn“ genannt zu wer=
den. Aber in Tagen, wie die unsrigen, wo
vermittelst des allgemein=verbreiteten Lese=gei=
stes gewisse allgemeine Wahrheiten der Philoso=
phie und gewisse kosmopolitische Ansichten der
Dinge gar nicht selten bis in den Kopf des ge=

meinen Mannes, und noch viel eher bis zur
Kunde feinerzogener und gebildeter Weiber kommen, kann ein solcher Zug von Erleuchtung und
Erweiterung des Geistes, wie ihn da der Dichter in Theresens Charakter zu nuanziren ge-
wust, wohl nicht mehr für abentheuerlich oder
übertrieben gelten. Des philosophischen und
kosmopolitischen Lothario's Umgang allein schon
hätte in dem natürlich-feinen Geist Theresens so — aufräumen, und dieses Licht verbreiten können: zu geschweigen, daß jene allgemeine Wahrheiten der Philosophie nicht auf den
abgelegenen und labyrinthischen Seitenpfaden
tiefsinniger Spekulazion, sondern auf der großen Heerstraße des schlichten Menschensinnes
liegen.

Die Aufmerksamkeit, mit welcher Therese
Lothario's feine Beobachtungen über Menschen
und Menschen-Leben angehört hat, so daß sie
die ächt philosophische Gränzbestimmung männlichen und weiblichen Geschäftskreises (S. 89 —
92 4r. Band) in ihrer Erzählung an Meister
höchst glücklich wiederzugeben vermag, beweiset
den ausgezeichneten Grad ihres Geistesschwunges für Betrachtungen dieser Art.

„Was der Mensch durch konsequente Anwen-
„dung seiner Kräfte, seiner Zeit, seines Gel-
„des, selbst durch geringscheinende Mittel für

„ungeheure Wirkungen hervorbringen könne," darüber sagt sie selbst, hörte sie den Lothario vor andern gerne sprechen.

Daher ist es auch ein sehr natürlicher Zug an ihr, daß Sie (S. 63) gerne spricht. Tiefe spekulative Denker sind selten gesprächig: weil die Gegenstände ihrer Untersuchungen zu weit außerhalb dem Gesichtskreise gewöhnlicher Denker und Sprecher liegen, und daher wenig mittheilbar sind. Leute dagegen, die, wie Therese, über populaire und anschauliche Gegenstände, dergleichen z. B. die zum praktischen Leben gehörigen sind, klar und bestimmt denken, wie Therese, sind meistentheils auch sehr gesprächig: weil alles Denken schon an sich zur Mittheilung einladet, und die Sprache eine Art von Canal ist, durch welchen jeder Gedanke durchfließen muß, um sich selbst gleichsam zu läutern und abzuklären: weil die Gegenstände ihres Denkens von der mittheilbaren Gattung sind, und leicht Theilnehmer finden: weil ein jeder sich natürlich geschmeichelt fühlt, andre, gleichsam auf der Stelle und durch ihre eigne Anschauung, von seiner eignen Verstandesüberlegenheit oder wenigstens Stärke zu überführen: weil die vorsichtige Natur dem Weibe überhaupt, als einer aufheiternden Gesellschafterin des Mannes, eine gewisse Mittheilsamkeit verlieh, von wel-

cher die Gesprächigkeit einen wesentlichen Theil ausmacht: weil endlich, bey wirthschaftlichen Weibern insbesondere, durch das Be-
fehlen, Gebieten und Anordnen, worauf es bey
der Führung eines Hauswesens am meisten ankömmt, die Nothwendigkeit viel zu sprechen,
sehr leicht in Gewohnheit übergeht *).

Theresens Brief an Meister (S. 297.) ihre
Ideen über Misheirathen, (S. 140.) kurz ihre
ganze Denk- und Empfindungsweise durchweht
ein höchst feiner Geist, der sich aber mehr
durch die Art äußert, die Gegenstände
fein zu sehen, als durch die Feinheit
der

---

*) Sie, meine Herren Leser, die so oft Weibergeschwä-
zigkeit zum Gegenstande ihres Spottes machen, würden, wären ihre Ammen, Wärterinnen, oder Mütter minder gesprächig gewesen, als sie es nun waren,
wenigstens um einige Jahre später reden, das heißt
zugleich, später denken gelernt haben; würden, (denn
das wäre sehr möglich) vielleicht nicht einmal so weise
seyn, als sie nun sind. In Rücksicht der Bildung
und der Erziehung der Kinder war Gesprächigkeit des
Weibes ein unerläßliches Erfordernis. Hiezu kommt
noch, daß alle Gegenstände des weiblichen Denkkrei-
ses so in's einzelne, kleine und feine gehen, daß
selbst der geübteste Denker, der sich damit abgeben wollte, gern darüber sprechen würde, um sie gleichsam
fest zu halten: weil sie ihm bey dem bloßen Denken
darüber leicht entschlüpfen würden. Und welche
kleinen Vortheile Kunstgriffe, Ersparnisse in der
Haushaltung theilen sich nicht die Weiber vermittelst
ihrer Gesprächigkeit mit!

der Gegenstände selbst. Denn alles, wo-
rüber sie spricht, und was sie interessirt, sind
keineswegen Gegenstände der Spekulazion, sondern des schlichten Menschen- und Weibersinnes
z. B. über Haushaltung, Erziehung, Liebe, Hei-
rath u. s. f. Allerdings würden Beobachtungen
z. B. über Religion und Religionsgefühl, wie
sie in den Geständnissen der schönen Seele vorkommen, oder auch über sittliche Veredlung und
allgemeine Grundsätze der Erziehung, wie sie
da Natalie vorträgt, Theresen bey allem natürlichen Scharfsinn nicht kleiden. „Aber Haushäl-
„terinnen wie Therese, sind gewöhnlich zu trok-
„ken, um fein und zärt zu empfinden. Wie
„konnte Göthe dann Theresen diesen Grad von
„Empfindsamkeit beymessen, der in ihrer Liebe
„zu Lothario so auffallend hervorsticht?“

Wenn Sie, meine Herren Leser, die dem
Dichter mit diesem Einwurf entgegen kommen,
junge, galante, Toiletten-umflatternde Herren
sind, so muß ihnen Göthe hier ohne Zweifel
die Natur verfehlt zu haben scheinen. Denn die
Dämchen, denen Sie — Küsse, und vielleicht
noch mehr als Küsse abstehlen, sind allerdings
keine wirthschaftliche Theresen, und unsre wirthschaftlichsten Damen lassen sich, wenn sie auch
noch so schön wären, dennoch nur selten Küsse
von den jungen Herren abstehlen; das werden

E

Sie selbst, vielleicht aus eignen nicht ganz an=
genehmen, Erfahrungen belehrt seyn. So viele
aber unter meinen männlichen Lesern verheira=
thet und irgend glücklich verheirathet sind; wer=
den es aus eigenen angenehmen Erfahrungen
wissen, daß mit der wirthschaftlichsten Häuslich=
keit einer Frau ein hoher Grad zärtlicher
Empfindsamkeit vereinbar ist: die aber
freilich nichts als Toiletten=spende, vertändelt,
sondern als ein unendlich=kostbares Gut an Ehe=
mann, Kinder und Hausgenossen weislich ver=
theilt wird.

Weiber und Mädchen dieser Gattung tra=
gen daher auch ihre Empfindsamkeit nie zur
Schau: sondern verhehlen dieselbe vielmehr
gleichsam als Etwas, das eine weise Haushal=
tung nur fein würzt, nicht aber selbst
macht. Daher ist es eben so wohl Sprache
der weisen Haushälterinn, als der jungfräulichen
Bescheidenheit, wenn der Dichter sie ihr Ge=
fühl für Lothario also äußern lässet. „Auch ich
„denke über Lothario vollkommen, wie Sie:
„nicht jedermann läßt ihm Gerechtigkeit wieder=
„fahren: dafür schwärmen aber auch alle für ihn,
„die ihn näher kennen, und das schmerzliche
„Gefühl, das sich in meinem Herzen zu seinen
„Andenken mischet, kann mich nicht abhalten,
„täglich an ihn zu denken.“

„Ein Seufzer erweiterte ihre Bruſt: und in
„ihrem rechten Auge blinkte eine ſchöne Thräne.
„Glauben Sie nicht, fuhr ſie fort, daß ich ſo
„weich, ſo leicht zu rühren bin! Es iſt nur
„das Auge, das weint. Ich hatte eine kleine
„Warze am untern Augenliede: Man hat mir
„ſie glücklich abgebunden: aber das Auge iſt
„ſeit der Zeit immer ſchwach geblieben: der ge-
„ringſte Anlaß drängt mir eine Thräne hervor.
„Hier ſaß das Wärzchen: ſie ſehen keine Spur
„mehr.“

Dieſe Scene iſt von des Dichters Meiſterhand
mit einer Feinheit, Einfalt und Wahrheit gezeichnet, wie ſie in den geleſenſten Romanen
nicht angetroffen werden. Wer unter meinen
Leſern und Leſerinnen glaubt nicht von ähnlichen Auftritten verhaltener Zärtlichkeit
mehr als einmal in ſeinem Leben Zeuge geweſ-
ſen zu ſeyn? und gerade die Perſonen, die unſerer Einbildungskraft vorſchweben, ſcheinen dem
Dichter zu ſeinem Gemählde geſeſſen zu haben.
Aber eben dies iſt das rühmlichſte Geſtändniß
für die energiſche Kunſt des Dichters: ſo wie
es, nach der alten Sage, die höchſte Kunſt des
Mahlers verrieth, daß der Knabe hinzulief,
um den gemahlten Vogel von der gemahlten
Weintraube wegzuſcheuchen.

Was Theresens schöne Thräne noch rührender macht, ist dies, daß es eben so sehr, und
vielleicht noch mehr eine Thräne der Wehmuth
um unglückliche Liebe und um ewige Trennung
von dem geliebten Gegenstande ist, (das edle
Mädchen konnte nicht Lothario's werden: weil
er durch eine unglückliche, obgleich falsche Entdeckung, sie für seine eigne Tochter hielt) als
eine Thräne tiefempfindender Liebe und brennen-
den Verlangens.

„Ich will Ihnen erzählen, wie es mir er-
„gangen ist, sagt Therese zu Meistern! schenken
„sie mir ein kleines Vertrauen, und lassen sie
„uns auch in der Ferne verbunden bleiben. Die
„Welt ist so leer, wenn man nur Berge, Flüsse
„und Städte darin denkt: aber hier und da je-
„mand zu wissen, der mit uns übereinstimmt,
„mit dem wir auch stillschweigend fortleben,
„das macht uns dieses Erdenrund erst zu einem
„bewohnten Garten.“

. Gutes, edles, rührendes Mädchen! freylich
blieb in deinem Herzen auch bey allen haushälterischen Sorgen noch eine gewisse Leere, die
nur ein Lothario ausfüllen konnte: und als du
an seiner Liebe nicht mehr zweifeltest, da schien
sich die Summe deines Daseyns ins unendliche
vermehrt zu haben: (S. 101.) und diese Summe, dieser Gewinn einer solchen dich liebenden

und achtenden Männerseele galt dir ohne Zweifel etwas mehr, als die reichsten Einkünfte deines glücklich-bearbeiteten Landgütchens! Ja mehr, unendlich mehr! denn es war ein Gewinn für dein zärtlich-fühlendes Herz. Weine, weine nur unverhohlen! Spare deine kleine Lüge von der Warze! Wir weinen mit dir!

Theresens Ausdruck von ihrer Empfindung bey Lothario's erklärter Liebe: „Die Summe meines Daseyns schien sich mir in's unendliche vermehrt zu haben" mahlt, so scheint es mir, jene Eigenthümlichkeit unseres Geistes, nach welcher er diejenige Gattung von Vorstellungen und Gefühlen, denen er besonders hingegeben ist, (wie z. B. Therese den wirthschaftlichen Angelegenheiten) auf alle andern noch so ungleichartige Ideen und Gefühle überträgt: Therese spricht, obgleich sehr würdevoll und sehr energisch, von Lothario's Liebe, als von einem Erwerb von unendlichem Werth. Wenn empfindsame Mondschein-Kinder diesen Ausdruck spöttisch belächeln, so freut sich der scharfsinnige Kenner der in's äußerste feine zeichnenden Meistenhand des Dichters.

Gleich-tief und fein ist der Zug, wenn Therese, nachdem Lothario, ohne sie zu kennen, in dem Ideal der von ihm gewünschten Frau, sie nach ihren haushälterischen Vollkommenheiten beschreibt, wie sie leibt und lebt, hinzusetzt. „Ich erinnere mich keiner angenehmern Empfindung in meinem ganzen Leben, als daß ein Mann, den ich so sehr schätzte, nicht meiner Person, sondern meiner innersten Natur den Vorzug gab."

Nicht meiner Person sondern meiner innersten Natur den Vorzug gab."

Ein Mädchen, das so spricht, das ihr Selbst nicht nach ihrer Person, sondern nach ihrer innersten Natur schätzt, muß eine alles ordnende, alles nach seinem wahrsten Gehalt schätzende Therese seyn. Denn jedem andern — noch so gründlich denkenden, aber nur irgend hübschen, Mädchen würde an ihrer Person mehr gelegen seyn, als an ihrer innersten Natur.

Ich sage ausdrücklich — jedem irgend hübschen Mädchen: denn durchaus häßliche denken meistentheils männlich-solide: weil ihnen das solide-Denken selbst statt der Hübschheit ist, oder seyn soll. (Doch soll dies psychologische Wort keine moralisch-edle Weiberseele kränken.)

Aber das eigenthümliche Mädchengefühl regt sich auch in den Theresen.

„Ob es mir schon unendlich angenehm war, „zu sehen, wohin meine Natur von einem so „verehrten Manne gestellt und gerechnet wurde,

„will ich doch nicht läugnen, daß ich damit
„nicht ganz zufrieden war. Ich wünschte nun
„auch, daß er mich kennen, daß er persön=
„lich Antheil an mir nehmen möchte. Es. ent=
„stand bey mir dieser Wunsch, ohne irgend ei=
„nen bestimmten Gedanken, was daraus folgen
„könnte.‟

Und so sehen wir, daß auch Therese Mäd=
chen genug war, um ein Compliment auf ein
schönes Auge, oder einen schönen Mund, eben so
hoch, wenigstens eben so hoch aufzunehmen,
als auf irgend einen Theil des von ihr bewirth=
schafteten Gütchens. Denn, nach allem, ist es
ja eine Bemerkung aus Theresens Munde „daß
zwar der Verstand der Männer sich nach Haus=
hälterinnen umsehe, daß aber ihr Herz und ih=
re Einbildungskraft sich nach andern Eigenschaf=
ten sehne, und daß die Haushälterinnen eigent=
lich gegen die liebenswürdigen und reizenden
Mädchen keinen Wettstreit aushalten können.‟
Sehr richtige Bemerkung, die doch eigentlich
keinen Tadel des männlichen Geschlechts ent=
hält: denn wenn die Natur ihre großen Absich=
ten mit dem Weibe erreichen soll; so muß eine
Gattin Haushälterinn und liebenswürdig zugleich
seyn: jenes, um unser äußerliches Glück zu si=
chern und zu erhalten: dieses, um der Welt Kin=
der zu geben. Auf dies letztere und was damit

zusammenhängt, scheint die Natur in dem Hange der Geschlechter für einander fast noch mehr,
oder auf das erstere, gerechnet zu haben.

Leicht zu erachten, ja unbezweifelbar ist es,
daß alle schöne Leserinnen, die sich irgend,
sey's aus Erfahrung, seys von Hörensagen aus
Büchern, auf Liebe zu verstehen glauben, und
wohl zu merken! noch nicht verheirathet sind,
unglaublich kalt und ächt-ökonomisch folgenden Brief Theresens an Wilhelm Meister
finden müssen.

„Ich bin die Ihre, wie ich bin. Ich nenne
Sie den Meinen, wie Sie sind, und wie ich Sie
kenne. Was an uns selbst, was an unsern
Verhältnissen der Ehestand verändert, werden
wir durch Vernunft, frohen Muth und guten
Willen zu übertragen wissen. Da uns keine
Leidenschaft, sondern Neigung und Zutrauen
zusammenführt, so wagen wir weniger als tausend andere. Sie verzeihen mir gewis, wenn
ich mich manchmal meines alten Freundes herzlich erinnere, dafür will ich Ihren Sohn als
Mutter an meinen Busen drücken. Wollen Sie
mein kleines Haus sogleich mit mir theilen, so
sind Sie Herr und Meister, indessen wird der
Gutskauf abgeschlossen. Ich wünschte, daß dort
keine neue Einrichtung ohne mich gemacht wür-

de, um so gleich zu zeigen, daß ich das Zu=
trauen verdiene, das Sie mir schenken."

Ich leugne es nicht, daß dieser Brief weni=
ger, viel weniger das liebende Mädchen, als
die alles überlegende, bedächtige Haushälterin
spricht: aber Therese liebt ja auch Wilhelm
Meister'n eben so wenig in dem eigentlichsten
Sinne des Worts, als er sie liebt: Theresens
Herz ist an Lothario, den Einzigen, Meisters an
das schöne Bild der Amazone vergeben: sehr wahr
und treffend bezeichnet Therese ihren beydersei=
tigen Herzenszustand durch „keine Leidenschaft
sondern durch Neigung und Zutrauen" wie so
viele, und gewis nicht die unglücklichsten, Ehen
geschlossen werden. Stark, aber wahr und edel
freymüthig ist es, wenn sie ihrem künftigen Gat=
ten erlauben will, in ihren Armen an Mariane
zu denken, so wie sie von ihm Verzeihung hofft,
wenn sie in den seinigen sich des Lothario erin=
nern wird.

Hier rufen wir freilich aus mit Natalien
S. 288: „Ein solches Wagestück war nur mit
einem höchst vernünftigen und reinen Charakter
zu rathen." Und doch sind ähnliche Wagstücke
dieser Art gar nicht selten. Ich weis es gewiß,
daß unter dreihundert verheiratheten oder eben
zu verheirathenden Mädchen oder Jünglingen,
die mich lesen, wenigstens hundert und funfzig

sind, die ein solches Wagestück entweder schon gewagt, und nicht ohne allen glücklichen Erfolg gewagt haben, oder, im Vertrauen auf gut Glück, es eben wagen wollen.

Denn die alte Sage von den ehelichen Prädestinationen, die in den Siegwartischen Zeiten so allgemein geglaubt ward, verlacht man jetzt sogar in Romanen. Wenn man von dem größten Theil der Menschen sagen kann, daß sie sich leider damit begnügen müssen, **überhaupt zu leben, zu existiren,** ohne sich viel um das **Wie?** zu kümmern: so kann man auch bey den in unsern Tagen leider! immer seltener werden den Ehen sagen: Laßt uns dem Himmel danken, **daß die Menschen überhaupt nur heirathen,** ohne eben auf das **Wie?** zu sehen *).

Nach allem, was wir bisher von Theresen beygebracht, wird uns nicht das Urtheil befremden, welches ein so geprüfter Menschenkenner, als Jarno, über sie ausspricht, ein Urtheil, dessen Richtigkeit bis zu einem gewissen Grade sie selbst zugesteht:

„Ich erinnere mich noch wohl (sagt Therese in ihrem Briefe an Natalien) was Jarno sagte:

---

*) Man wird dies hoffentlich nicht mißdeuten. Denn unmöglich kann ich wohl Sorgfalt in der Wahl derer, mit denen wir auf immer zusammen leben sollen, ausschließen.

Therese dreſſirt ihre Zöglinge; Natalie bildet
ſie. Ja er ging ſo weit, daß er mir einſt die
drey ſchönen Eigenſchaften Glaube, Liebe, Hoff=
nung völlig abſprach. Statt des Glaubens, ſagte
er, hat ſie Einſicht, ſtatt der Liebe die Beharr=
lichkeit, ſtatt der Hoffnung das Zutrauen. Auch
will ich dies gerne geſtehen: ehe ich dich kannte,
kannte ich nichts höheres in der Welt, als Klar=
heit und Klugheit: nur deine Gegenwart hat mich
überzeugt, belebt, überwunden: und deiner ſchö=
nen hohen Seele trete ich gern den Rang ab.“

Natalien gegenüber muß Thereſe unfehlbar
gräde ſo verlieren, wie Lebensweisheit an
Würde und Erhabenheit dem heiligen Sittengeſetz
nachſteht. Wenn aber Jarno Thereſen Glauben,
Liebe, Hoffnung abſpricht, und ihr, ſtatt dieſer drey
vornehmſten Chriſten=tugenden Einſicht, Beharr=
lichkeit und Zutrauen beylegt: ſo iſt dies eine
der treffendſten Charakterzeichnungen unter den
ſo vielen, die im Meiſter vorkommen. Man
ſieht, der feine Menſchenkenner vermißt an The=
reſen jenen geiſtigen Schwung, der Nata=
lien faſt bis ins Ueberirrdiſche erhebt. Thereſe,
mit Natalien verglichen, ſteht ihm, durch die
ökonomiſche Wendung ihres Geiſtes, ſo ganz auf
der gewöhnlichen Erdfläche des Seyns und Stre=
bens der Menſchen: wenn Natalie wie im reinen
Aether höherer Menſchennatur webt.

Uebrigens bedaure ich von Herzen, daß alle diejenigen unter meinen schönen Leserinnen, die unter dreyßig, das heißt, die zu aufge= klärt sind, um in die Kirche zu gehen, und die Bibel zu lesen, den wahren und schönen Sinn des Jaruoschen Urtheils von Glaube, Lie= be und Hoffnung nicht fassen können. Denn auf den Resourcen, und in den Klubs, die statt der Kirche von ihnen besucht werden, hören sie frei= lich statt des Glaubens von Credit, statt der Liebe von einer gewissen eben so benahmten aber ganz anders gearteten Leidenschaft, statt der Hoffnung vom — Wetter für die Lustpar= thie des folgenden Tages sprechen. *)

Ein charakteristischer Zug jenes Mangels von Geisteserhebung (elevation d'esprit, wie der Franzose sehr gut sagt) an Theresen ist unter andern auch der, daß sie sich mit ihrer Einbil= dungskraft gar nicht bis zum Idealischen erhe= ben konnte, daß sie z. B. bey einem aufgeführ= ten Schauspiel nie die Bretter, die wirklichen Personen vergessen und sich in die Scenen und Rollen des Stücks versetzen konnte. „Ich kann es Ihnen gar nicht sagen, erzählt sie, wie lä=

*) Kann wohl keine eigentliche Satyre auf unsre Ber=
linerinnen seyn, die im ganzen wenigstens, oft lan=
ge noch nicht so vereitelt sind, als ein Theil der
Kleinstädterinnen.

cherlich mir es vorkam, wenn die Menschen, die
ich alle recht gut kannte, sich verkleidet hatten,
da droben standen, und für etwas anders, als
sie waren, gehalten seyn wollten." Deswegen
blieb ich auch sehr selten unter den Zuschauern,
ich putzte ihnen immer die Lichter, damit ich nur
etwas zu thun hatte, besorgte das Abendessen
u. s. w."

Welches Berlinische dreyzehnjährige Mädchen übertrift nicht Theresen an theatralischem
Ideen-schwung?

So wie indessen die drey Worte Glaube,
Liebe, Hoffnung in dem Sinne, wie Jarno sie
sehr richtig braucht, eine gewisse mystische Glorie
umgiebt; so entsprechen die drey „Einsicht, Beharrlichkeit und Zutrauen" ganz der Klarheit
und Bestimmtheit, womit eine weise Hausfrau
ihre Angelegenheiten durchschaut und behandelt:
und jene bezeichnen eben so treffend die drey
Christentugenden, als diese die vornehmsten Tugenden einer weisen Hausfrau.

Ohngefehr so wie uns der Himmel zuweilen
eine große und wichtige Wohlthat unerkannt und
unbemerkt in die Hand drückt, so daß wir in der
Folge, wo uns der hohe Werth des Gutes unverkennbar einleuchtet, und wir über unsre gedanken-
lose Unempfindlichkeit selbst erstaunen: eben so
überschlug ich bey der ersten Durchlesung des

vierten und letzten Bandes der Lehrjahre, eine
der durch Natur, Wahrheit und Einfalt der
Darstellung bewundernswürdigsten Stellen.

Es betrift nemlich die unselige, obgleich falsche Entdeckung, die des Lothario, daß Therese,
die geliebte Therese, mit welcher er so eben
eine eheliche Verbindung eingehen will, seine
Tochter ist.

„Ich bin der unglücklichste aller Menschen,
„rief er aus, indem er das Bild in das Kästgen zurückwarf, seine Augen mit der Hand
bedeckte, und sogleich das Zimmer verließ. Er
warf sich auf das Pferd, ich lief auf den Bal-
kon, und rief ihm nach, er kehrte sich um,
warf mir eine Hand zu, entfernte sich eilig —
und ich habe ihn nie wieder gesehen.‟

und nun setzt der Dichter hinzu
Die Sonne ging unter: Therese sah mit un-
verwandtem Blick in die Gluth, und ihre beyden schönen Augen füllten sich mit Thränen.‟

„Die Sonne ging unter!‟ Ja wohl auch
für Theresen ging sie unter, für die es nun
keinen Lothario mehr gab. Ihr Nachblicken in
die Glut der hinuntersinkenden Sonne verräth
die Ahnung ihrer eignen Schicksalsnacht, in
welcher selbst noch die bloße Erinnerung einstge-
nossener und noch größerer gehofften Wonnen
ihrem Herzen so wohl thut, so wie das über

der Oberfläche der Erde noch verweilende
Bild der schon untergegangenen Sonne, dem
wallenden Pilger milde Erquickung gewährt.

Ich habe mich absichtlich etwas weitläufti-
ger über Theresens Charakter verbreitet: weil
selbst die Natalien, wenn sie einst Gattinnen,
Mütter und Haushälterinnen werden, viel,
sehr viel von Theresen annehmen müssen, um
die verschiedenen Kreise edler Weiberthätigkeit
würdig auszufüllen: und weil ich in der Ueberredung stehe, Eltern, Gatten, Kinder und das
Menschengeschlecht selbst, können nie glücklicher
seyn, als wenn sie Theresen zu Kindern, Gattinnen, Müttern, und weiblichen Mitgliedern haben.

* * *

Von den drey ernsthaftesten und achtungs-
werthesten Weibercharaktern in dem Göthischen
Roman gehe ich nunmehr über (ich schreibe
für Leser, die die Abwechselung lieben, und denen nur zu oft Ernst und Moral in Schriften
am wenigsten behagt) zu einer der sonderbarsten
Spielarten von Weibercharakter, die
je ein scharfsichtiges Menschen-kenner-Auge beobachtet, eine' lebendige Phantasie aufgefaßt,
und eine Meisterhand dargestellt hat.

Und dies ist (wer Meisters Lehrjahre gelesen,
hat hier gewis schon den Namen ausgesprochen)
Philine, die ich nennen möchte einen

moralifchen Harmaphroditen von guten
und fchlimmen Eigenfchaften, von Laune und
Tücke, von Moralität und Unmorali=
tät: und doch ift Philine bey allen ihren Son=
derbarkeiten nicht das Gebilde einer leer=fpie=
lenden Phantafie: fie ift bis auf jeden hervor=
ftechendften und jeden feinften Zug, wie aus
der Mitte des wirklichen Lebens gegriffen: das
Göthifche Gemälde von ihr ift durchaus Por=
trait; Portrait, von dem feurigen, hellen
Auge an, bis auf das kleine Wärzchen an der
Stirne: ein jeder glaubt, diefe, jene Mädchen=
oder Weiber=geftalt, die er genau, fehr genau
kennt, müffe dem Dichter gefeffen haben, der
fie, durch den ungewöhnlichen Namen Philine,
welchen er unter das Portrait gefetzt, allen, die
fie perfönlich kennen, nur unkenntlich machen
wollte. Eben in diefer bewundernswürdigen
Göthifchen Kunft zu treffen, liegt es,
das viele der gemeineren Lefer Philinens
Charakter einen fehr gemeinen Charakter ge=
fcholten: wie ich mich denn entfinne, ein fol=
ches Urtheil felbft aus manchem fchönen Mun=
de (denn auch mit einem fchönen Munde kann
man fehr häßliche Gefchmacks=urtheile aus=
fprechen) gehört zu haben.

Sinnlichkeit mit ihren Trieben und Lei=
denfchaften, und Vernunft mit dem heili=
gen

gen Sittengeſetz, bilden die Elemente
der moraliſchen Exiſtenz des Menſchen,
und eben dadurch die Beſtandtheile eines
jeden Charakters: denn was wir Charakter an dem Menſchen nennen, iſt nichts
anders, als das verſchieden-nüanzirte
Gemiſche der Triebe und Leidenſchaften in Hinſicht auf die moraliſche Freyheit: wodurch ſeine Denk- und Handelsweiſe beſtimmt wird. Je nachdem Denk- und
Handelsweiſe mehr Abhängigkeit von Trieben
und Leidenſchaften, oder mehr Gehorſam gegen
das heilige Sittengeſetz ankündigen, je nachdem
nennen wir einen Charakter moraliſch oder un-
moraliſch. Das Extrem einer von Trieben und
Leidenſchaften abhängigen Denk- und Lebens-
weiſe bezeichnen wir durch „epikuriſche
Schwelgerey“: das Extrem einer zum Gehorſam gegen das Sittengeſetz überbildeten Geſin-
nungsart nennen wir „moraliſche Schwärmerey“. In der Mitte zwiſchen beyden zieht
ſich der reine Menſchen-charakter hin;
ſo wie auch das Syſtem wahrer, Men-
ſchenwürdiger Glückſeligkeit zwiſchen
Epikurismus und Platonismus in der
Mitte liegt.

Die weiſe und wohlthätige Natur hat uns
für die moraliſche Energie unſeres geiſtigen We-

F

fens ein so inniges und unwiderstehliches Gefühl eingeprägt, das wir einen Menschen, der
blos und einzig dem Genus lebt, schlechter-
dings verachten:*) so wie im Gegentheil
unter allen Dingen, worauf die Menschen irgend Werth setzen können, nichts ist, was wir
so einzig, was wir in dem eigenthümlichsten
Sinne des Worts, achten, als — recht
thun, und edel handeln.

Ein großes, ein in seiner Art einziges,
ästhetisches Wagstück war es daher, daß Göthe,
der uns an der schönen Seele (S. die Geständnisse Sechstes Buch) und an Natalien,
Ideale der Sittlichkeit aufgestellt hatte, es un-
ternahm, einen Charakter zu zeichnen, der,
auf eine gefährlich-jähe Spitze von
Mittelexistenz zwischen Moralität und
Unmoralität gestellt, uns, wenn gleich
keinesweges Achtung, dennoch nicht nur nicht
Verachtung, sondern vielmehr eine gewisse Schätzung und Wohlbehagen einflößen sollte.

---

*) Wir hassen gewissermaßen einen Menschen, den wir
mit besonderer Gierigkeit bey einem Gastmahl die
Speisen verzehren sehen. Anders ist der Fall, wenn
wir dies an einem von Hunger gefolterten wahrneh-
men. T · dieser Anblick flößt im Gegentheil Mitgefühl · ne Art von wehmüthiger Freude ·in.

Denn nur durch die höchste Kunst vermochte
es der Dichter, jenes sonderbare Mittel-gefühl
von Liebe und Haß, von Gefallen und Misfallen, von Schätzung und Nicht-achtung für Philinens Charakter in dem Leser hervorzubringen,
so daß wir sie noch da lieben, wo wir sie haf-
sen: daß wir sie tadeln, strenge tadeln, und zugleich entschuldigen; oft sie fast verachten; und
doch ungern verdammen: daß wir sie durchaus
anders wünschen, als sie ist; und doch gerne
haben, wie sie ist.

Jeder feinere Kenner ästhetischer Darstellungs-
kunst kann nicht anders, als mit dem innigsten
Vergnügen bey diesem Charaktergemälde Gö-
thischer Schöpfung verweilen.

Welches sind die feinen Mittel-farben, die
hier der Dichter auf der Palette mischt? Mit
welcher Magie stellt und ordnet er die Perspec-
tive? Mit welcher Kunst läßt er hier das Licht
den Schatten mildern, dort den Schatten das
Licht heben, daß ein liebliches, Auge und Geist
erquickendes Gemälde daraus hervorgeht?

Wie denkt, spricht, handelt Philine?

Der Hauptzug in Philinens Charak-
ter ist der, daß der Dichter sie uns fast durchgängig als die automatische Drathpuppe
ihrer eignen Laune und Behaglichkeit
darstellt, die sich nur dann und wann nach Ab-

F 2

sichten bewegt. Durch diesen einzigen Zug erscheint uns alles tadelnswerthe an ihr minder verhaßt; alles gute zufällig und unselbstständig.

Es giebt keinen Fehler und kein Laster, keine Unthat und keine Missethat, die sich nicht von einem unverdorbenen Herzen, wenn gleich keineswegs rechtfertigen, dennoch nicht wenigstens entschuldigen und fast vergeben ließe, wenn der erste und vornehmste Grund der fehlerhaften Gesinnung oder Handlung in übermächtiger Leidenschaft, oder auch in einer gewissen Laune, (die nichts anders als ein geringerer Grad von Leidenschaft ist) und natürlichen Gemüthsstimmung zu suchen ist.

Das vorsätzliche Laster, die verabscheuungswürdigste Unthat, verlieren für unser Gefühl einen wesentlichen Theil ihrer Häßlichkeit, wenn wir sie durch Leidenschaft, wie durch den Drang einer unwiderstehlichen Nothwendigkeit, hervorgebracht sehen: ohngeachtet wir wohl überzeugt sind, daß auch der leidenschaftlichste aller Menschen, immer noch moralisch frey, das heißt, des Widerstandes gegen die Gewalt der Leidenschaft fähig, bleibt.

So tief grub die Hand des Schöpfers das Gefühl gegenseitiger Duldsamkeit in unser aller Herzen!

Unter allen möglichen Verirrungen des Men=
schen aber, finden vor dem Richtstuhl dieses
Gefühls keine so leicht Nachsicht oder Entschul=
digung, als diejenigen, zu welchen er durch den
Hang zum Genus gewisser Freuden und Ver=
gnügen, seys der Tafel, der Liebe oder ande=
rer angenehmen Zerstreuungen sich hinreißen
läßt, in so fern er dadurch den Rechten
und Ansprüchen seines Neben=Men=
schen keinen Eintrag thut.

Alles nun, was uns der Dichter an Philinen
tadelnswürdiges aufstellt, ist einzig in
dem Hange für Genus, und was ihr eben
so viel gilt, für Befriedigung ihrer Lau=
nen gegründet; wobey sie niemanden scha=
det oder beeinträchtiget.

Sich zu vergnügen, ist, (wenn sie einen
Grundsaz hat) ihr einziger Grundsaz: ob sie
das Vergnügen mit Anstand, oder wider den
Anstand genießt? ob man sie deshalb lobt oder
tadelt? ob sie dasselbe auf Kosten der Eitelkeit
oder der Vergnügungssucht anderer genießt? —
das alles gilt ihr gleich. Sie ist um ihrer
selbst und um der Befriedigung ihrer Launen
willen da: alles andre, alle Menschen in ihrem
Kreise, sie sich selbst, ist nur Mittel zu diesem
Zweck.

Um eigentlich Böses zu thun, hat sie, wie
Menschen von weicher, lüsterner Sinnlichkeit
immer haben, zu viel Gutmüthigkeit: um im=
mer gut zu seyn, hat sie zu viel Laune und Lei=
denschaftlichkeit; daher thut sie soviel Gutes,
als mit diesen Launen, oder den Mitteln zur
Befriedigung derselben nur immer vereinbar ist:
und ihr Böses ist nie Verletzung eines andern,
sondern nur unzeitige Befriedigung ihrer eignen
Launen.

Denn die kleine Schadenfreude, die sie der
Dichter mitunter äußern läßt, z. B. die komisch=
tragische Erzählung von Laertes unglücklicher
Liebe, das Kukuksliedchen, welches sie einem
jungen Menschen, der sich im freyen Felde ih=
rer Gesellschaft nähert, entgegensingt, das troz=
zig=ruhige Sitzen auf dem glücklich=erhaltenen
Koffer, das Nußaufknacken und Klappern mit
den Schlüsseln bey dem Abentheuer im Walde,
wo alle andern ihre kleine Habseligkeiten verlo=
ren, alles dies sind Züge eines Gemüths, wel=
ches andern nicht so wohl böses wünscht oder
thut, als vielmehr aus der Kränkung gewisser
kleinlicher Leidenschaften derselben, z. B. der
Eitelkeit, unzeitiger Neugier, oder verfehlter
Naschsucht, sich eine Art von Vergnügen berei=
tet: wie es denn überhaupt eine Eigenheit unse=
rer Natur ist, daß Kränkung kleinlicher

Leidenschaften anderer uns eine Art
von piquanter Befriedigung ge=
währet.

Selbst gewisse Kränkungen der Eitelkeit, der
Neugier, des Stolzes unserer Freunde, ge=
ben uns ein gewisses geheimes Vergnügen, wel=
ches wir nicht selten uns selbst zu gestehen errö=
then; aber deswegen nicht weniger fühlen.

Ob uns die Natur durch ein solches Gefühl
ein Verwahrungsmittel gegen kleine Leidenschaf=
ten hat geben wollen, die, zu so großen Ver=
irrungen sie uns auch führen können, dennoch
nur selten uns durch sich selbst und ihre mit=
begleitenden Folgen, nachdrücklich genug warnen?

Oder ob kleinliche Leidenschaften unserer
moralischen Würde so wenig angemessen sind,
daß der Schöpfer, durch diese geheime Freude
an der Kränkung derselben in andern, uns nur
so viel mehr für uns selbst davon entfernen
wollte? mögen psychologische Moral=philosophen
entscheiden. Den bekannten Rochefaucaultschen
Ausspruch: il y a dans l'adversité de nos amis
quelque chose, qui ne nous deplait pas: muß
man einzig auf diese petits malheurs des peti-
tes passions einschränken, wenn man anders
nicht die Natur belügen oder verschwärzen will *)

---

*) So ists gewiß, daß kein Schriftsteller eine hochlob=
preisende Rezension von dem Werk eines andern, be=

Eine Schadenfreude, wie sie da Philine äus
sert, ist daher noch immer verträglich mit der
Gutmüthigkeit, die ihr übrigens eigenthümlich
ist, und als eine so allgemeine Eigenheit unse
rer Natur nicht hinlangend, um uns das Mäd
chen verhaßt zu machen.

Dagegen hat der Dichter das leichtsinnige
Geschöpf mit manchen andern sehr schätzenswür
digen Tugenden ausgesteuert. Sie ist mitleidig
und wohlthätig gegen Arme; sie nimmt eine
Zeitlang warmen Antheil für Mignon und den
Harfner: sie pflegt den kranken Wilhelm Mei
ster mit thätiger Sorgfalt.

Aber ihr Geschenkaustheilen an die armen,
neben dem Wagen herlaufenden Kinder ist mehr
augenblickliche Laune und Vergnügen an den
mannichfaltigen Geberden der jetzt bittenden,
jetzt wartenden, jetzt froh empfangenden Kleinen,
als wahres herzliches Wohlwollen: ihre einst
weilige Theilnahme für Mignon und den Harf
ner ist gleichfalls nur angenblickliche Ausfül

sonders, wenn dieser mit ihm in einer Gattung ar
beitet, mit reinem Wohlgefallen lesen wird: und
eben so gewis ist es, daß ihm eine verkleinernde, oder
herabsetzende Rezension desselben , und wäre dieser
noch so inniger Freund von ihm, nicht ganz mißbe
hagen wird (ne deplaira pas). Um Verzeihung
meine Herren Gelehrten, Schriftsteller und Künstler!
das heißt aus der Schule geplaudert: aber der Psy
chologe muß das öfter thun.

lung langweiliger Stunden: und an ihrer zärtli-
chen Pflege für den kranken Wilhelm hat, wir
wiſſens, wenigſtens eben ſo viel ſinnliche,
als chriſtliche Liebe Antheil; und die erſtere
gewiß einen noch viel größern.

Kurz: dieſer weibliche Epikur thut das gute
nur, weil und wenn es ihr gefällt, und Mittel
zu anderweitigen Abſichten iſt. Aber genug, ſie
thut es. Achten können wir ſie deshalb nicht:
aber ſchätzen müſſen wir ſie immer.

Und nach allem, wer mag es wagen zu ent-
ſcheiden, ob in dieſer ſo durchaus unbeſtimmten
und jedem gegenwärtigen Eindruck hingegebenen
Seele reines Wohlwollen und natürliche Unver-
dorbenheit edler, menſchenfreundlicher Gefühle
nicht herrſchender ſind, als wir es, nach ihren
andern Launen zu urtheilen, glauben würden?

Aeſthetiſch angeſehen, gewinnt ihr Betragen,
durch das ſchwebende, das unbeſtimmte des in
uns hervorgebrachten Eindrucks, nur um ſo viel
mehr an der Schätzung, die ſie uns durch einſt-
weilige gute Handlungen einflößt.

Aber unter allen Leidenſchaften und Herzenslagen iſt keine merkwürdiger für die Entwickelung eines Charakters, und ins beſondre eines
Weiber-charakters: in keinem andern entfalten
ſich alle kleinen und großen Leidenſchaften der
Weiber, ihre Fehler wie ihre Mängel, ihre

Laſter, wie ihre Tugenden, und miſchen ſich ſo
wunderbar durch einander, als in der Liebe. *)

 Wie liebt Philine?

Die Liebe iſt ihr eine ſchöne liebliche Frucht,
die man, ſo oft ſie von dem Baum, der ſie
trägt, lecker zum Munde herabhängt, nicht
ungern bricht: ja zuweilen, wenn ſie etwas hö-
her hängt, und unwiderſtehlich reizt, auch wohl
einige, doch nicht zu viele, Mühe anwendet,
um ihrer zu genießen: überhaupt aber lieber zu
einem andern Baum hingeht, als wartend und
ſchmachtend bey Einem verweilt.

So — ihr Benehmen gegen Friedrich, gegen
Meiſter, und andere, die der weiſe - ver-
ſchleiernde Dichter nur ahnen läßt.

Jene hohe, pathetiſche, das ganze Weſen
eines Menſchen überwältigende Liebe der Eloi-
ſen, der Julie'n, der Meta's, kennet ſie nicht,
oder kennet ſie durch einzelne leiſere Anwand-
lungen, nur grade genug, um darüber zu ſpot-

---

*) Wenn unſre Romandichter dieſen, von Weibern faſt
uneingeſchränkt - wahren, Satz auch auf die Män-ner
ausdehnen wollen: ſo verkennen ſie reine Männer-
natur gar ſehr. Der Mann iſt offenbar noch zu
etwas mehr beſtimmt, als zu lieben. Aber die
ganze Beſtimmung des Weibes kann man unter dieſem Ausdruck gar wohl befaſſen. Ein großer Mann
kann, unbeſchadet ſeines Charakters, ſich ſehr links in
der Liebe benehmen: eine große Frau dagegen wird
hier durch ein linkes Benehmen allemal in unſrer Meinung verlieren.

ten: die Abaelard, die St. Preux, die Werther,
würde sie nur mit lauter Hohnlache zu ihren
Füßen seufzend erblicken.

Eine süße, leckere, mit unter ernstere
Tändeley, ernst, so wie fast alle nugae, (Tändeleyen) denen wir uns einstweilen mit besonderem Wohlbehagen hingeben, nebenher seriao
(ernst) zu werden pflegen: das, und nichts mehr,
nichts weniger, ist ihr die Liebe. Nicht unwahr
pflegt man von gewissen unendlich-interessanten
weiblichen Geschöpfen zu sagen: „sie würden
höchst liebenswürdige Gebieterinnen, (Maitressen)
aber sehr schlechte Weiber seyn."

Wen aber würde die immerwechselnde, immer lockere Philine nicht auch nur als Gebiete-
rinn mit jedem Tage ärgern?

Obgleich man's ihr überall unverkennbar an
sieht, daß, wenn ein so unstätes Gemüth irgend
etwas dauernd interessiren könnte, dies
nichts anders als Männerliebe und Männer-
schmeicheley seyn müßte: so können wir sie
doch nicht in dem eigentlichsten Sinne des
Worts koquett oder gefallsüchtig nennen. Denn wie würde sie sonst so nachlässig in
ihrem Anzuge seyn, wie sie uns der Dichter
überall zeigt? wie würde sie in Gegenwart der
Männer so oft ihre Langeweile zu verstehen geben? wie würde sie mit diesem wegwerfenden

Troß reden und handeln, als wir sie nun reden und handeln sehen?

Doch diese Nachläßigkeit in der Kleidung, diese unverheimlichte Langeweile in Gegenwart der Männer, dieser wegwerfende Troß, womit sie alles um sich her behandelt, können in der Hand einer schlauen Philine selbst als Mittel des Gefallens gelten: und sind es ihr gewis.

Man darf nicht eben außerordentlich - erfahr - ner Weiberkenner seyn, um zu wissen, daß Weiber - Geschöpfe von Philinens Art zu seyn, ungeputzt viel stechender (piquant) rei - zen, als geputzt: wie denn überhaupt jedes Frauenzimmer, dem es Zweck ist, Liebe einzu - flößen, diesen Zweck am leichtesten erreichen wird durch ein leichtes Negligee, oder durch ein gewisses Mittelding von Negligee und Putz. Denn schwerfälliger Putz erschweret nur der Einbildungskraft des Liebhabers Gedanken süßer Lüsternheit. Wer mag es wagen, sprechen wir Männer dann bey uns selbst; wer mag es wa - gen, hier zu nahen?

So häuslich überdem, so los und locker wie sich da Philine anzieht, (S. die Scene, wo sie Meister zum erstenmal von der Treppe herab entgegenkommt) zeigt sie, und zwar scheinbar zufällig, dem Auge des männlichen Schauers, manches, was ihm, absichtlich gezeigt, verdächtig seyn würde: was ihn aber bey dieser scheinbaren Zufälligkeit nur desto unwiderstehlicher reißt.

Wenn aber dieses sonderbare Mädchen in Gegenwart der Männer ihre Langeweile so auffallend merken läßt, so macht sie dadurch bey den Anwesenden den Gedanken rege, daß ihr Herz schon anderweitig beschäftigt ist, und daß sie vielleicht mit irgend einem der gegenwärtigen Herren (und eines jeden Eitelkeit schmeichelt sich, er könne wohl gar dieser eine seyn) allein zu seyn wünsche.

Ich wenigstens habe immer gefunden, daß ein — übrigens interessantes Frauenzimmer, die sich in einer Gesellschaft zu langweilen scheint, uns Männern selbst durch ihre Langeweile ein unterhaltender Gegenstand ist. Vielleicht hat an diesem Reiz auch das bloße sonderbare einen wesentlichen Antheil.

Der Trotz und Uebermuth endlich, mit welchem Philine alles um sich her behandelt, Gegenstände und Personen, Männer und Weiber, Liebhaber und Nicht-Liebhaber behandelt und gleichsam wegwirft, spricht ein gewisses stolzes Bewußtseyn ihrer alles unterjochenden Reitze und

Liebenswürdigkeit, die es ver s ch mä ht, g e f a l=
len zu wollen.

Denn so sehr Stolz und Trotz an einem in=
tereßlosen Weibe uns zurück stoßen: so sehr zie=
hen sie uns an bey einem interessanten, beson=
ders, wenn wir sie von dem allgemeinen Bei=
fall der Männer geschmeichelt wissen, und ah=
nen, daß ihr Stolz Zuversicht auf die Wirkung
ihrer Reitze ist. Das anziehende eines solchen
Stolzes erklärt sich leicht. Denn eben er brei=
tet vor unserer Einbildungskraft gleichsam die
volle Wirkung ihrer Reitze aus: und was so
viel andere, was alle, liebenswürdig finden,
finden so leicht auch wir.

So wie aber überhaupt alles ab s i ch t l i ch e
den Eindruck des Schönen stört, und seine Wir=
kung schwächt; das z u f ä l l i g e, d a s u n w i l l=
kü h r l i ch e dagegen diesen Eindruck erhöht: so
werden auch die eben angeführten Mittel des
Gefallens in Philinens Hand nur desto verfüh=
rerischer und Herzverstrickender, da bey einem
Geschöpf, das ganz Laune ist, aller Verdacht von
Absichtlichkeit wegfällt.

Sie kleidet sich fast locker? Aber ein Mäd=
chen, wie sie, hat nicht viel, und nichts kost=
bares, anzuziehen. Sie langeweilt sich in der
Gesellschaft? Aber ihre immer wechselnde Lau=
ne drängt sie eben jetzt zur Einsamkeit hin. Sie

behandelt alles mit Uebermuth? Aber dieser Uebermuth ist eine ganz natürliche Folge ihrer Laune, die sich an nichts hängt, an allem nur augenblicklich gleichsam anstreift, und der daher das interessanteste selbst in dem nächsten Augenblick das allergleichgültigste, so wie das gleichgültigste das interessanteste werden kann.

Alles dieses indessen können wir nur ahnen: denn Philine ist nicht nur launigt, sondern sie ist auch, wie der Dichter sie ausdrücklich nennt, sehr schlau, und handelt oft nach sehr bestimmten Absichten und mit ausgesuchten Mitteln. Und so gewis alles bestimmt-absichtliche, wie wir eben sagten, dem Eindruck des Schönen und Gefälligen nachtheilig ist: so erfordert doch die Liebe, wenn sie interessant und piquant seyn soll, ein gewisses Mittelgefühl zwischen Absicht und Nicht-Absicht, zwischen Vorsätzlichkeit und Zufälligkeit: denn nicht eine willen- und lebenlose Sache, sondern eine Person mit freyer Willkühr, mit eigner Entschlußfähigkeit, soll uns hier Gefallen, und noch mehr als Gefallen, soll uns Neigung für sich einflößen. Liebe, ohne einige Gränchen von Selbstbestimmung in dem geliebten Gegenstande, kann höchstens nur einen Laffen oder einen durchaus verdorbten Wollüstling, aber keinen

verständigen Mann behagen. Er liebt wie der
alte Dichter.

> puellam nec nimis facilem, nec nimis
> difficilem

nicht zu hingebend, und nicht zu spröde
er erzählt von seinem Mädchen, wie der verliebte Hirt beym Virgil.

> Malo me Galatea petit lasciva puella:
> et fugit in salices, et se cupit ante vi-
> deri.   VIRGIL.

„Mit dem Apfel zielet nach mir das lüsterne
Mädchen, und flieht hinter die Weiden zurück:
doch will sie vom Schäfer erst noch gesehn
seyn."

Das ist nicht jene verächtliche, verhaßte
Coquetterie abgeblühter, liebelnder Schönen:
es ist die ungeschminkte, natürliche,
allein - liebenswürdige Coquetterie
der Liebe: wie sie da der unverdorbene Jüngling an seinem unschuldigen Mädchen, der edle
Mann an seinem Weibe liebt: wie sie sich in jedem unschuldigen Mädchen, und in jedem züch-
tigen Weibe äußert: und wie nur Heuchler sie
tadeln, nur Dummköpfe gleichgültig dagegen
seyn, und nur ausgeartete Wollüstlinge sie ver-
spotten oder verachten können.

Philinens Coquetterie ist nun freylich nicht
ganz diese ungeschminkte, ungekünstelte der

wahren Liebe: dafür hat sie zuviel Laune von der einen, zu viel Erfahrenheit von der andern Seite: aber sie ist auch eben so weit entfernt von jener verächtlichen Gefallsucht: denn dafür ist sie zu nachläßig, zu eigensinnig: dafür ist ihr Interesse für die Männer zu wechselnd, zu wandelbar.

Philinens Coquetterie liegt zwischen beiden Gattungen in der Mitte: sie verbindet das zufällige der edleren mit dem absichtlichen der unedleren: neigt sich aber vielmehr zu jener, als zu dieser hin: und wird durch dieses unbestimmte, schwebende zwischen Absichtlichkeit und Zufall, zwischen Kunst und Natur nur desto anziehender, desto fesselnder.

Sicher zu gefallen, so oft sie gefallen will, ist sie gleichgültig gegen den Beifall der Männer, ohne ihn zu verschmähen: getheilt zwischen dem Gefühl der Eitelkeit, daß sie den Männern gefällt, und dem Spott, daß die Männer ihr gefallen wollen, lacht sie über den erhaltenen Beifall, und ärgert sich noch viel weniger über den nicht erhaltenen.

Regt einmal ein Wilhelm Meister etwas ernster ihre Sehnsucht an: dann achtet sie's mitunter auch wohl werth, ihm gefallen zu wollen auf eine Art, wie andere ihm offenbar misfallen müßten. Ihr Benehmen ge

gen ihn iſt mehr zuvorkommend, als zurückhal-
tend; zu ſehr in ihrer Laune gegründet, um zu-
dringlich zu ſeyn: es hat, obgleich offenbar ab-
ſichtlich, mehr das Anſehn von verlebter Link-
heit, als von Beſtreben nach Meiſters Beſitz:
iſt aber offenbar zu klug für jenes, zu einfältig
für dieſes. Meiſter wird, ſo wie wir Leſer, in
der Mitte ſchwebend erhalten in dem Glauben,
ſie handle gegen ihn mehr aus Laune und wan-
delbarer Gemüthsſtimmung oder nach einmal
angenommener Sitte, als mit beſonderer Ab-
ſicht auf ihn: doch muß er das erſtere viel
wahrſcheinlicher finden, als das andere; ohne
ſich doch des letztern Verdachts ganz erwehren
zu können; wie dies auch würklich Meiſters Gefühl iſt. Das ſchlaue Mädchen, die ihre Leute
nur zu ſcharfſichtig bis auf den Grund durch-
ſchaut, mußte es Meiſtern ſogleich bey der erſten Unterhaltung mit ihm anmerken, daß man
ein Herz, wie das ſeine, eher durch Zurückhaltung, als durch Zuvorkommen gewinnen könne.

Und doch, obgleich es ihr mit ſeinem Beſitz
Ernſt iſt, ſchlägt ſie den letztern Weg ein. Wie
das? Sich zurückhalten, die Scheue, die Furcht-
ſame, die Zärtliche zu machen — das iſt nicht
für eine ſo lockere Natur: dafür haßt ſie zu ſehr
alles, was Zwang, oder Zwang-ähnlich iſt.
Eine ſo durchaus ungleichartige Na-

tur, als die des Wilhelm Meister im Ver-
gleich mit Philinens ist, auf keine andere, als auf die, ihrer gewöhnlichen
Sitte und natürlichen Laune angemessene Art zu gewinnen — das ists, was der
eitlen Flatter-Seele schmeichelt: auch nur auf
eine Zeitlang sich selbst und ihre angeborne Natur zu verläugnen oder zu zwingen, blos um ihm
zu gefallen — dafür liebt sie ihn, liebt sie keinen Mann, ernst genug. Ist Meister nicht auf
die erste Art, ist er nicht auf ihre gewöhnliche
Manier zu gewinnen? — Er mag gehen! und
Philine, nachdem sie, wenn nicht mit seiner Liebe zu ihr, wenigstens mit ihrer
Liebe zu ihm, einige Tage oder Wochen, wo
sie sich sonst gelangweilt haben würde, ver-
tändelt, und ihn höchstens in der Einbildungskraft genossen hat, — kümmert sich um ihn nicht
weiter.

„Wenn ich dich liebe, was gehet's
dich an? Wer fühlt, wer sieht nicht in diesem
kurzen, einsilbigen Wort das launige, lüstern-
sinnliche, ernst-verliebte, und doch in jedem
Augenblick zum Aufgeben des geliebten Gegenstandes immerfertige Mädchen, alles in einem,
ein's in allem?

Aber in Zügen dieser Art ist Göthe Meister:

G 2

wir erkannten dies schon oben in Nataliens
merkwürdigem „Nie oder immer."

Einen Zug, abgelauscht dem rein=
sten, feinsten Edelsinn der Liebe nenn'
ich's, wenn Philine, bey ihrer ersten Begeg=
nung mit Meistern, den Strauß, den er ihr
verehrt, mit lieblich=bescheidener Zärtlichkeit
an den Busen drückt, indem sie ihm auf der
Treppe entgegenkömmt.

Mit welcher edlen Natur war dieses Mäd=
chen geboren! Sie hatte Anlagen eine Julie,
eine Clarisse zu werden. Und nun wird sie —
— Philine.

Wilhelm macht ihr nicht unbedeutende Prä=
sente: und sie — läßt sie sich machen: so arm
sie ist, sie erwiedert seine Freygebigkeit: sie
schenkt ihm ein Pudermesserchen. Das Geschenk
ist klein: aber prächtige Geschenke in der Liebe
beleidigen: es scheint, als wenn der Werth
des Geschenks dem Werth der Gesinnung, mit
welcher man schenkt, Eintrag thut: die Einbil=
dungskraft des Empfangenden wird durch den
erstern zu sehr abgezogen von dem andern. Kleine
Geschenke unserer Geliebten dagegen, eine Haar=
nadel, eine Stecknadel, steigern ihren Werth
selbst durch ihre Geringfügigkeit: Die
Gesinnung des Gebers scheint den Gehalt der

Gabe zu erſetzen; und jene zu gewinnen, was dieſer abgeht.

Man ſieht, wie Philine lieben könnte, wenn ſie wollte! Aber Philine, die flatterhafte Philine, das leichtſinnigſte aller Mädchen, iſt verliebt, iſt ernſt = verliebt in Meiſtern, iſt es in einem höhern Grade, als ihre durch Män= ner = Eroberungen verwöhnte Eitelkeit es ſich ge= ſtehen will. Ihre zärtliche Umarmung des ſchla= fenden Meiſters, ihr Verweilen in dem Schlaf= zimmer des Abweſenden, verrathen die Beſchäf= tigungen einer mit den Zaubergeſtalten eines ge= liebten Gegenſtandes über und über angefüllten Einbildungskraft; die ſich durch Schatten für Würklichkeiten zu entſchädigen ſtrebt: (wenn gleich alle dieſe Aeußerungen wahrer Verliebt= heit, Philinens Charakter gemäs, gar wohl auch als ſchlaue Verſuche zu Meiſters Beſtrickung angeſehen werden können.)

Hier handelt ſie einmal offen: denn niemand iſt Zeuge, Zeuge von ihrer durch — Liebe über= wundenen Eitelkeit.

Aber welch ein Mädchen! die, bey dieſem Grad von Liebe, ſich dem geliebten Gegenſtande mit ſo wenig Ernſt zu nähern ſtrebt! Auch nur als Opfer der Eitelkeit betrachtet, müſſen wir ein ſolches Betragen an ihr bewundern.

Und Meister, der zartfühlende, der Weiber-
liebende Meister — wie fast groß erscheint
er uns, bey dem mächtigen Eindruck der Reitze
Philinens auf sein weiches Herz, in seiner immer gleichen Haltung gegen dies verführerischste
aller Mädchen, deren noch nie besiegte Eitelkeit
— der Liebe zu ihm weicht; die ihn, (er weis
es, er kann es sich nicht verhehlen) liebt, wahr-
haftig liebt.

„Aber wenn das lockere Geschöpf zuweilen
nur nicht allen Anstand bei Seite setzte! Wer
kann z. B. die Scene beym Frisiren entschuldigen, wenn sie, Knie an Knie, drückt."

So hör' ich hier einige schöne, Zart-empfin-
derinnen sprechen, die es kaum wagen, die letzten Worte vernehmlich über die Lippe zu bringen.

Ihr zürnet, ihr erglühet mit Recht, feine
Seelen, gegen die Unartige! der äußere Anstand
ist nichts anderes, als das Bild des schönen
Edelsinns der Liebe. Doch diese, euch mit Recht
tadelnswürdig-scheinende, Attitüde — konnte sie
nicht unvermeidlich durch das Geschäfte des Fri-
sirens hervorgebracht werden? Konnte nicht
Philinens Unerfahrenheit in einer für sie neuen
Kunst und sonderbaren Situazion diese kleine
Unschicklichkeit veranlassen? Dafür nahm es Meister; denn sonst würde das leichtsinnige Mädchen

ihn gewis sogleich bey der erſten Begegnung zu=
rückgeſcheucht haben.

„Da hat ſich Meiſter ſehr — getäuſcht, ru=
fet ihr fein ſpottend aus, gewis getäuſcht.“

Aber, antworte ich, damals kannte er ja
noch nicht die ganze Philine, wie wir Leſer
der Lehrjahre ſie nun kennen: und Philine
bleibt auch hier offenbar jener ihrer Handlungs=
maxime treu, den Beobachter ihres Betragens
zwiſchen Zufälligkeit und Abſichtlichkeit in einer
zweifelhaften Mitte zu erhalten. Meiſter konnte
Philinens Charakter ahnen: aber immer fehl=
ten ihm die einzig gültigen Beweiſe für jeden
Verdacht. Sein eigenes peinliches Gefühl unter
Philinens friſirender Hand mußte ihn nur deſto
wahrſcheinlicher auf die Neuheit und Unerfah=
renheit des ſonderbaren Mädchens den Schluß
ziehen machen.

Am tadelhafteſten, und jedes zärtere · Ge=
fühl zurückſtoßend, iſt unfehlbar Philinens Um=
gang mit dem jungen Friedrich und mit dem
Stallmeiſter. Faſt wünſchte man, daß der Dich=
ter des leßtern nicht erwehnt, oder wenigſtens
einen milderen Schleier drüber gebreitet hätte,
als es ihm nun beliebt. Denn des blonden
Friedrichs Stand, Jugend, originelle Erziehung
und gränzenloſe Hingebung an Philinen (hatte
ſie ihn doch — bis zu ihrem Peruquier herabge=

setzt!) mußte für diesen Sonderling unter den
Mädchen einen unwiderstehlichen Reiz haben:
wie wohl wir sie demohngeachtet auch diesen
mit herabwürdigender Verachtung behandeln,
ihn zu wiederhohlten mahlen gleichgültig von
sich entlassen, und wieder aufnehmen sehen, bis
sie endlich mit ihm davon flieht, und beyde auf
einem kleinen Gütchen ein Leben führen, wie
es das allersonderbarste Paar, welches je durch
des Zufalls sonderbarste Laune zusammengebracht
ward, immer nur führen mochte. Erwegen wir
indessen Stand, Lebensweise, frühe Gewöhnung,
und die ganze Lage Philinen's, verbunden mit
der ihr eigenthümlichen Gemüthsstimmung: so
fühlen wir uns gedrungen, so unendlich tief sie
auch unter einer Mariane steht, sie eher zu bemitleiden, als zu verachten, fühlen uns gedrungen,
unser verdammendes Urtheil wenigstens in milderen Ausdrücken abzufassen.

Was überdem noch diesen, jenen, Zug in
Philinens Liebschaften nicht wenig mildert, ist
dieses: daß, da man es ihr offenbar ansieht,
daß sie der Eitelkeit und dem Lustgefühl, zu reißen und gereißt zu werden, nicht widerstehen
kann, und daß die Befriedigung dieser beyden
Triebe als Ziel und Augenmerk ihres ganzen
Seyns angesehen werden muß, sie dennoch, vor
ihrer eigenen Sinnlichkeit gleichsam

erröthend, diese zu verschleyern sucht: indem sie von der Liebe nie anders, als von einem höchst unbedeutenden, nicht viel zu achtenden Gegenstande spricht, mit dem es keinem gescheiten Menschen Ernst seyn könne: ein Scherz, der die Lippen jedes andern Mädchens entstellen würde, in diesem Munde aber anzudeuten scheint, und nach Philinens Absicht gewis auch andeuten soll, daß sie in der sinnlichen Liebe, so wie überhaupt nichts besonders-wichtiges oder schätzenswerthes, also auch gar nicht das wesentliche der Befriedigung des Geschlechtstriebes suche.

Wenn wir aus Philinens Munde z. B. folgende Worte hören: „Aureliens Bruder hat unter der Truppe eine Tänzerin, mit der er schön thut, ein Aktrischen, mit der er erzürnt ist, in der Stadt noch einige Frauen, denen er aufwartet, und nun steh ich auch mit auf der Liste. Der Narr! Von den übrigen — sollst du morgen hören: und nun noch ein Wörtchen von Philinen, die du (Wilhelm) kennest. Die Erznärrin ist in dich verliebt. Sie schwur, daß es wahr sey, und betheuerte, das es ein rechter Spaß sey, dann werde die Hetze erst recht angehen. Sie läuft ihren Ungetreuen, du ihr, ich dir nach. Wenn das nicht eine Lust auf ein halbes Jahr giebt, so will ich an der Episode ster-

ben, die sich zu diesem vierfach verschlungenen
Roman hinzuwirft."

Wenn wir, sag' ich, Philinen so reden hören: müssen wir nicht wider unsern Willen die
Meinung fassen, daß ihr die Liebe unmöglich
ein Gegenstand von besonderem Interesse seyn
könne?

Freilich läßt sie uns in ihren Handlungen
nur zu oft das Widerspiel von ihren Reden erblicken: aber ein Mensch, der von der Lieblings-
leidenschaft, der er nachhängt, und der er vielleicht manches wesentliche Opfer bringt, mit
dieser Gleichgültigkeit, dieser an Verachtung
gränzenden Gleichgültigkeit spricht, flößt doch
unwiderstehlich die Meinung ein, daß er jener
Leidenschaft zwar augenblicklich und launen-
haft fröhnen, aber nicht ihr gänzlich hingegeben
seyn könne: wenigstens scheint er uns überreden zu wollen, daß er vor seinen eignen Fehlern erröthet, indem er sie hinter dieser vor-
gegebenen Gleichgültigkeit zu verbergen sucht.

Philine, die schlaue Philine, verschleiert
durch diese und ähnliche Reden über die Liebe
offenbar nur ihre Sinnlichkeit: gewinnt aber
auch dadurch, eben so offenbar, in unserer Meinung.

„Wenn ich nur meinen Blonden hier hätte",
ruft sie, wie mit einer Stimme, die sich zwi-

ſchen Lachen und Seufzen theilt, bey dem nicht
gefahrloſen Abentheuer im Walde, wo alle,
wo ſie ſelbſt auch, von keinem geringen Schreck
überfallen waren. Wer ſollte hier nicht glauben,
daß Philinen's Liebe zu Friedrich n i c h t s m e h r,
überall nichts mehr, als ein k u r z w e i l i g e r
S c h e r z in l a n g w e i l i g e n S t u n d e n ſey?
Wer unter der ganzen niedergeſchlagenen Ge-
ſellſchaft muß nicht, und wäre der Schreck
dreymal größer geweſen als er nun war, laut
anfgelacht haben, wenn er das eitle Mädchen
nun da ſitzen ſah, ohne einen beſtimmten Liebhaber, den ſie necken oder reitzen, oder auch ärgern konnte. Der blonde Friedrich — nicht da:
Wilhelm betäubt von Schmerz: alle andern um
ſie her, mehr mit ihren Wunden, oder erlitte-
nem Verluſt, als mit i h r e m Herzen beſchäf-
tigt. „Wenn ich nur meinen Blonden hier
hätte“! Welcher natürliche charakteriſtiſche Aus-
ruf unter dieſen Umſtänden in Philinens Munde!
Wohl war der immer leichte, immer heitere
und immerverliebte Friedrich jetzt der einzige,
der Philinen entlangweilen konnte.

„Wenn ich nur meinen Blonden hier hätte“!
ich werfe die Feder weg, um über dieſe Nai-
vetät des ſchlauſten aller Mädchen noch einmal
zu lachen. Noch ein anderer Zug, durch welchen uns die äußerſt-ſinnliche Philine wenn nicht

geiſtiger, doch weniger ſinnlich erſcheint, iſt
der, daß ſie im Genuß von Speiſe und
Trank äußerſt mäßig iſt. Sie nippt nur
vom Champagner; und bey dem allgemeinen
Bachanal, wo Meiſter, der beſcheidne Meiſter
ſelbſt, des guten zu viel thut (man erlau-
be mir dieſen beliebten Trinker-Ausdruck) iſt
ihr unter allen am wenigſten der Rauſch anzu-
merken.

. So wie wir einen Menſchen, der, ohne
durch Arbeit ermüdet, oder durch das Bedürfnis des Hungers gequält zu ſeyn, ſich's bey
einer reichbeſetzten Mahlzeit über alles wohl behagen läßt, und deſſen ganzes Weſen in dieſem
Wohlbehagen gleichſam zu ſchwimmen ſcheint,
mit Recht für ſehr ſinnlich und den gröbern
Vergnügen hingegeben halten: ſo flößt uns die
Enthaltſamkeit eines Menſchen, in Genüßen der
Zunge und des Gaumens, die Idee von einer
gewiſſen Feinheit ſeiner körperlichen und geiſtigen Organiſazion ein. Eben ſo wird uns ein
ſchlank- und ſchmächtig-gebautes Frauenzimmer
allemal weniger wollüſtig ſcheinen, (wären wir
immerhin vom Gegentheil überzeugt) weniger
wollüſtig ſcheinen, als ein volles und wohlge-
nährtes. So ſehr heftet ſich die Natur in Sachen des Geſchlechtstriebes, aus ſehr begreifli-
chen Urſachen, überall an das Körperliche!

Vollendet, ich will sagen, für unser morali:
sches Gefühl befriedigend vollendet, hätte viel:
leicht Göthe Philinens Charakter, wenn er der
einstweiligen Reue, welche Philine wegen ihres
Betragens äußert, z. B. da, wo sie Meistern
gesteht, daß sie sich selbst verachten müßte, wenn
sie nicht fähig wäre, sich zu ändern, und sich
seiner Freundschaft werth zu machen, und wo
sie von ihrem Zustande, den sie den vorigen
nennt, eine aufrichtige Beschreibung macht
(S. 128 2r Band) wenn er dieser Reue den
Anstrich eines wahren Ernstes zu geben beliebt
hätte. Allerdings täuscht sie hier den, eine so
tiefe Verstellung nicht durchschauenden, Wilhelm:
aber der Dichter erklärt ihr Betragen aus:
drücklich für Heucheley, und die Absicht,
in welcher sie hier grade die Reue heuchelt,
(nemlich, um Wilhelmen in das von der Baro:
nin dem Grafen gelegte Netz desto sichrer hin:
einzulocken) macht uns ihre Reue so gar ver:
haßt, indem sie dieselbe zu einem sträflichen
Mittel unedler Zwecke herabwürdiget, und mit
ihrer Besserung offenbar ein Gespötte treibt.

Gewis würde auch nur eine vorübergehende,
augenblickliche, aber ernste Reue in Philinen un:
ser nicht selten gegen sie empörtes Moralgefühl
gewissermaßen versöhnt haben.

Wolle aber der Dichter seinen Lesern an Philinens Beyspiel die schreckliche, nur zu allge= mein = bestättigte Wahrheit lehren, daß bey weib= lichen Geschöpfen dieser Gattung, ächter reiner Moralsinn endlich ganz verloren geht: so hat er dadurch diesem, für manche Leser und Lese= rinnen höchst verführerischen, Charakter einen wesentlichen Theil des verführerischen genommen, und ihn, was für jeden edleren Darsteller im= mer rühmlich ist, moralisch=erbaulich, ich will sagen, belehrend und warnend, geschildert: eine Absicht, die der Dichter auch durch einige oben schon ausgezeichnete, Züge bezweckt zu ha= ben scheint.

Da dieses sonderbare Mädchen den Leser nicht weniger durch ihr so einziges Betragen, als durch ihren Geist zu interessiren weis: so sagen wir billig auch noch etwas über den letz= tern und seine eigenthümliche Wendung.

Philinens Geist ist nicht ausgebil= det; er ist aber auch nicht vernachläs= siget: sie hat von Geist und Bilduug gerade genug, um sich nie in Verlegenheit zu finden, so oft ein Frauenzimmer Verstand und Gewandheit des Geistes für gewisse Gelegenheiten bedarf: und was ohne Zweifel noch mehr sagen will, sie hat Geist genug, um dadurch zu gefallen, so oft sie dadurch gefallen will: und gerade dies ist das eigenthümliche Frauenzimmer-maas von Geist und Bildung.

Ist es Männerstolz, ist es Eitelkeit, ist es ein anderes Gefühl? Ich weis es nicht, aber gewis ist's, daß ich keine Dame über Gegenstände der Gelehrsamkeit oder des Scharfsinns mit gründlicher Einsicht und Kenntnis jemals sprechen hörte, ohne mich dadurch, um das allergeringste zu sagen, wenigstens befremdet zu fühlen.

Nicht Gelehrsamkeit, sondern eine gewisse Kenntnis; nicht Scharfsinn, sondern richtiges Urtheil; nicht ins allgemeine sich verbreitende Vernunft, sondern ins einzele gehender Verstand; nicht schimmernder Witz, sondern naive Wendung, scheinen den eigenthümlichen Kreis geistiger Weiber-Bildung zu bezeichnen. Selbst alle Weiber von sehr glänzenden und sorgfältigst ausgebildeten Geistestalenten, die uns die Litteraturgeschichte aufstellt, haben sie wohl, seys in den schönen Künsten, seys in den ernsteren Wissenschaften, etwas geleistet, was über die Grenze des schönen, zierlichen, feinen hinausging?

Erhabenheit und hohes Pathos*) in welchem Gedicht einer Dichterin finden wir sie? Plato-

---

*) Sappho's berühmte Ode — betrift nur „Liebe".

nischen Schwung, Humischen Scharfsinn, Rouss
seausche Energie, Kantische Spekulation — in
welcher Prose einer schönen Französinn, oder
Brittin, oder Teutschen treffen wir sie an?
Selbst die populaire Klarheit, Bestimmtheit und
Methode eines Garve — in keiner Frauenzim-
merschrift erstrekken sich über zwey Seiten hinaus. Und welcher Entdeckung, welcher
Erfindung, welcher auffallenden — auch nur
Berichtigung rühmen sich endlich die Wissenschaften von der Hand der Leontien, der Hy-
patien, der Chatelet? Freilich sind die eben
angerühmten Schriftsteller-Eigenthümlichkeiten
auch in Männerwerken nur Seltenheiten: aber
diese nähern sich denselben doch unverkennbar
in einem höhern Grade.

Man verzeihe mir diese, wenn vielleicht
weniger dem Ort, als der Zeit angemessene
Abschweifung. Denn in der That! der Schwin-
delgeist gewisser allerneusten Philosophen
des Auslandes und Einlandes hat in unsern Tagen auch die Begriffe von männlichen und weiblichen Anlagen und Thätigkeitskreis sonderbar
durcheinader gemischt: und die geistreichen Scher-
ze des Verfassers der Schrift „über die bürger-
liche Verbesserung der Weiber“ sind von einer
Menge eingeschränkter Geister im Ernst gedeutet;
seine scharfsinnige Bemerkungen über einzelne

Aus-

Ausnahmen von der Regel, zu Allgemeinsätzen erhoben, und seine utopischen Vorschläge für sehr wesentliche Bestandtheile einer (wahrscheinlich noch abzufassenden) n e u e n C o n s t i t u t i o n des M e n s c h e n g e s c h l e c h t s erklärt worden.

Wir kehren zu Philinen zurück, ü b e r deren geistige Ausbildung h i n a u s z u g e h e n — den Natalien, den Theresen, und schönen Seelen ihres Geschlechts gestattet ist, als welche je= dem feinern Männergeist, durch eine solche Verfeinerung und Veredlung ihrer intellectuel= len Anlagen, nur desto liebens= und achtungs= würdiger erscheinen müssen.

Dagegen kann Philinens Geist und Bildung als das M a a s derjenigen natürlichen Geistes= anlagen und Geistesbildung gelten, die der M a n n von g e w ö h n l i c h e m G e i s t und g e= w ö h n l i c h e r B i l d u n g, das heißt, neunzehn= zwanzig Theil unseres Geschlechts, und nicht selten auch die allerfeinsten nnd gebildetsten des= selben, an dem Weibe fast einzig suchen und billigen. *)

*) Ich kannte sehr geistreiche Männer, die an Weibern grade am allerwenigsten Geist suchten. Ueberhaupt aber scheint es mir, als wenn die M ä n n e r im G a n z e n weit weniger Geist an den Weibern suchen, als diese es wohl glauben. Doch — erfahrne Wei= ber wissen dies nur zu wohl.

H

Ein Weib braucht zur Führung einer Haushaltung, zur Behandlung ihrer eignen Liebe, und
der Liebe des Mannes, der ihr gefallen, dem sie
gefallen will, braucht zur Erziehung der Kinder,
zur Leitung und Beherrschung des Gesindes,
braucht in dem Umgange mit Mannspersonen,
und insbesondere auch zu einer Art von ge-
schickten Unterjochung ihres Gatten
und seiner Launen, Leidenschaften und
Ungestümheiten (eine Unterjochung, die sich
der verfeinertste und edelste Mann nicht nur gefallen läßt, sondern sie so gar gerne hat) zu allem diesem braucht ein Weib eine gewisse
Maße von Verstand, Urtheilskraft,
Menschen-Kenntnis und Feinheit, mitunter auch Schlauigkeit des Geistes, wie
sie da kein Schriftsteller zu der Abfassung eines
mittelmäßig-gedachten, und mittelmäßig-ge-
schriebenen philosophischen Werkleins, wie sie
da kein Verfasser unsrer Alltagsromane, wie sie
da kein Journal-und Allmanachsdichter zu der
Geburt seiner Geistesprodukte bedarf. Diese Maße
von intellektueller Energie wollen wir den intellektuellen Hausbedarf des Weibes
nennen.

Zu diesem Hausbedarf kömmt dann oft noch,
was der Franzose nennt „les agremens d'esprit,“
eine originelle Wendung des Geistes zu

Laune und Witz, die Dinge aus gewissen
leichten, gefälligen Gesichtspunkten anzusehen,
oder sie in solche hinüber zu spielen; das trok-
kene zu beleben, das schöne zu verschönern, das
intereßlose interessant zu machen; über das
schwerfällige leicht, über das verdächtige un-
merklich hinzuschlüpfen; eigene oder fremde Verlegenheiten täuschend zu verstecken, oder schlau
zu umgehen, oder sich geschickt herauszuziehen:
denn das ist eigentlich Weiberwitz und Weiber-
laune: hiezu werden sie durch ihren natürlichen
Hang zum Putz und zur Eitelkeit, durch die Eigenthümlichkeiten und Zartheiten der in ihrer Art
einzigen Leidenschaft, der Liebe, und durch ihre
leichte, nachahmende, allgefügige Natur überhaupt hingeneigt; durch die, meistentheils nur auf
Künsten dieser Art beruhende, Herrschaft über die
Männer aufgefordert; durch die ungestümen Zudringlichkeiten der letztern gereizt; und durch
tausend größere und kleinere Verlegenheiten in
dem Kreise ihrer Thätigkeit mannigfaltig ge-
bildet.

Denn in der That! nach vielfachen Beobach-
tungen, fand ich von jeher in der Unterhaltung ei-
nes interessanten Weibes beym Tisch oder beym
Caffe, in ihrer Art zu erzählen oder gewisse
Dinge zu wenden, in ihrem Benehmen gegen
Liebhaber und Nichtliebhaber, oft in einem

Blick, einer Wendung des Auges, bey gewiſſen
kritiſchen Umſtänden, oft in dem Grad der
Stärke oder der Schwäche eines Händedrucks
zum Ausdruck gewiſſer Leidenſchaften und ihrer
verſchiedenen Thermometer-höhe, — in allem
dieſem, ſag' ich, fand ich oft mehr Geiſt und
Feinſinn, und Originalität, als in Bändeſtarken
Auswahlen von Gedichten „mittelmäßiger Dichter“: ja ſelbſt noch jetzt, wo ich, als Geiſtlicher,
auch nicht einmal im Scherz, eine Unwahrheit,
und ſelbſt keine ſchöne Unwahrheit ſagen darf,
geſtehe ich's unverhohlen, daß ich, bey meinen
blos pſychologiſchen Beobachtungen über den
Menſchen und ſeine charakteriſtiſche Bizarrerien,
mehr Geſchmack, Kunſtſinn und ſeines Ahnungsgefühl des Schönen und Schicklichen finde
in der Art, wie die junoniſche **r** ihr eben-
ſchwarzes Haar in Locken hinfallen läßt; wie
die piquante Grazie **r*n*g ihren Hut ſetzt,
und wie die, zur Furcht aller Bräute und zum
Schreck aller jungen Gattinnen ſo allgemein bewunderte Mamſ. —l*— ihren Schawl trägt, als
in allen Gedichten gewiſſer heurigen Dichter,
die ſich, nach dem ſehr bedeutungsvollen Ausdruck gewiſſer teutſchen Rezenſenten, recht
gut leſen, nach meinem Urtheil aber viel
beſſer nicht leſen laſſen.

Diesen wahren Frauenzimmer - Geist und
Witz hat Göthe Philinen gegeben; diesen äussert sie in ihren einstweiligen Maximen, Bemerkungen, Rede - wendungen, Gleichnissen; in
ihrer Art zu erzählen, in ihrer ganzen Manier,
die Dinge und die Menschen anzusehen und zu
beurtheilen.

„Eure Gesellschaften, sagt sie einst, indem
„von der allgemeinen Unterredung der Menschen
„die Rede ist, kommen mir vor, wie die steifen
„Peruquen mit den zierlich-gethürmten Locken“.

Welche Wahrheit! wie treffend! wie rous-
seauisch! wie glücklich mahlt hier Philinens
leichte Zunge das gezwungene, convenzionsmä-
ßige, das zufällige und doch nicht regellos - zusammen gestoppelte unserer gesellschaftlichen und
statistischen Verbindungen! So wie diese da jetzt
noch fast durchgängig sind, müssen sie allerdings
als ein mühsam - zusammengeheftetes, noch müh-
samer im Stande zu erhaltendes; und nebenher
höchst lästiges Bekleidungsstück der Menschheit
angesehen werden.

„Wenn ich nur nichts mehr von Natur und
„Naturscenen hören sollte, ruft sie einem von ihr
„verschmähten lästigen Declamator über rieseln-
„de Quellen und murmelnde Bäche und säuseln-
„de Lüftchen, hinterdrein: es ist nichts uner-
„träglicher, als sich das Vergnügen vorrechnen

„zu lassen, das man genießt. Wenn schön
„Wetter ist, geht man spazieren, wie man tanzt,
„wenn aufgespielt wird. Wer mag aber nur
„einen Augenblick an die Musik und wer ans
„schöne Wetter denken? der Tänzer interessirt
„uns, nicht die Violine, und in ein paar schöne
„schwarze Augen zu sehen, thut einem paar
„blauen gar zu wohl. Was sollen dagegen
„Quellen und Brunnen, und morsche Linden!"

„Sie sah, indem sie so sprach, Wilhelmen,
„der ihr gegenüber saß, mit einem Blick in die
„Augen, dem er nicht wehren konnte, wenig-
„stens bis an die Thüre seines Herzens vorzu-
„bringen."

Ich finde es dem natürlichen Fein- und
Schön-Sinn eines Weibes höchst angemessen,
wenn eine schöne Gegend, eine ergötzende Aussicht, ein rieselnder Bach, und jede Schönheit
der Natur, sie mit einem angenehmen Eindruck
berühren.

Aber für mich hat es etwas — ich weis nicht
was — befremdendes, langweiliges und absto-
ßendes, wenn einige unserer Damen und Mädchen, verführt durch die reizenden Beschreibun-
gen romantischer Gegenden und Naturschönheiten in Gedichten und Romanen, eine ganz besondere Verfeinerung und erhöhten Geistesschwung darin setzen, daß sie, etwa bey einem

Caffee mitten im Winter, ſich mit einer Art von Begeiſterung über geſehene, oder geleſene ſchöne Gegenden, Ausſichten u. ſ. w. ergießen.

Die Urſache dieſes widrigen Gefühls ſcheint mir darin zu liegen, daß das Weib, als von der Hand der Natur ſelbſt für den engen Kreis der dem Auge zunächſt vorliegenden Dinge gemacht, und auf die Erde hingeſtellt, durch jeden zu kühnen Schwung der Einbildungskraft in Weiten und Fernen hinaus (geiſtig und körperlich gedeutet) dieſen beſcheidenen Kreis überfliegt, und ſehr leicht die Meinung einflößt, daß ſie, über dieſen Weiten und Fernen der Einbildungskraft, die Nähe und das Detail der wirklichen Dinge vergeſſen habe.

Bey uns Männern liegt hier überdem ein geheimes Gefühl im Hintergrunde, daß Weiber, die in unſerer Gegenwart von Dingen der Einbildungskraft, von lebloſen Bäumen, Bergen, Ausſichten, mit dieſer Begeiſterung ſich unterhalten können, von dem ihnen viel natürlichern Intereſſe für Männer und Männer-Umgang, und mitunter auch für uns, die zu jenen ihren redneriſchen Naturſchilderungen ein geduldiges Ohr leihen müſſen, ziemlich losgetrennt ſeyn müſſen.

Nicht zu gedenken, daß jene Naturſchönheiten ihr wahres Intereſſe faſt einzig durch An-

schließung auf religieuse oder sittliche Ideen erhalten: wozu sich nur wenige unter den Weibern erheben können. Daher auch nur Dichter,
wie Kleist und Thomson, Naturschönheiten mahlen, oder wie Matthison und Salis, besingen
müssen, wenn uns ihre Schilderungen nicht, nach
dem Popischen Ausdruck, ein Gastgebot auf lauter Suppen scheinen sollen: und doch langeweilt
den Kenner auch schon manches Liedchen der be-
schreibenden Gattung von der Hand eines Matthison.

*   *   *

Die wandernde Schauspieler-Truppe stößt
unterwegens auf den, ihr noch unbekannten,
Abbe: er verschwindet: und jeder der Anwesenden will den sonderbaren Mann schon irgend
anderswo gesehen haben.

„Und doch könnt ihr euch alle irren, unter-
„bricht sie Philine; dieser Mann, fährt sie fort,
„hat eigentlich nur das falsche Ansehn eines Be-
„kannten: weil er aussieht, wie ein Mensch, und
„nicht wie Hans und Kunz.“

„Was soll das heißen, sagt Laertes, sehen
„wir nicht auch aus wie Menschen? Ich weis,
„was ich sage, versetzt Philine, und wenn ihr
„mich nicht begreift, so laßt's gut seyn. Ich wer-

„de nicht am Ende noch gar meine Worte aus=
„legen sollen“.

So alltäglich hier Scene und Handlung
scheinen, so waren sie's doch werth, von einer
Göthischen Hand ins Gemählde mit aufgenom=
men zu werden.

Philinens erstere Bemerkung, daß wir uns
nemlich oft blos deswegen überreden, einen
Menschen irgendwo schon gesehen zu haben;
„weil er, nach ihrem naiven Ausdruck, wie ein
„Mensch, und nicht wie Hans oder Kunz aus=
„sieht“; ist sehr treffend. Denn grade alsdann,
wenn ein Mensch in seinem äußern Ansehen, und
insbesondere in der Physiognomie, nichts aus=
gezeichnetes, nichts befremdendes oder hervor=
stechendes hat, kann sich die Seele am ersten
täuschen, ein ähnliches Menschenbild irgend zu
einer andern Zeit, oder an anderm Ort schon
wahrgenommen zu haben: indem, wie bekannt,
der größte Theil der Menschen, der sich unsern
Bemerkungen darstellt, wie am Geist, so am
Körper, nichts auszeichnendes, nichts hervorste=
chendes verräth. Und eben dies ists, was Phi=
line mit dem „nicht Hans, nicht Kunz“ sagen
will.

Wenn man sie nicht versteht, (und gewis!
viele sehr alltäglich = gesagte Dinge enthalten,
wenn der scharfsinnige Psychologe sie unter das

mikroscopische Glas der Analyse bringt, einen
tiefen und mitunter nicht leicht zu entwickelnden
Sinn): so ist es eben so charakteristisch, was
sie hinzusetzt: „Ich weis, was ich sage: und
wenn ihr mich nicht begreift, so laßt's gut seyn.
Ich werde am Ende doch nicht meine eigne
Worte auslegen sollen."

Nichts gewisser, als daß Philine, hätte sie
den wahren Sinn ihrer eignen Worte erklären
sollen, verlegen gewesen seyn würde. Aber sie
begnügte sich, wie der Menschenverstand, und
insbesondre auch Weiber, seine Repräsentanten,
meistentheils zu thun pflegen, mit jenem dunkeln Ahnungsgefühl, von welchem unser
Geist, auf eine, von den Psychologen lange noch
nicht hinlänglich beleuchtete, wunderbare Art
überall geleitet wird, wo die Ideen gleichsam
mehr durch ihre Maße (extensiv) als durch ihren Gehalt (intensiv), ich will sagen, mehr durch
die Menge, als durch die Klarheit der Vorstellungen, auf uns würken; und wo wir die Wahrheit mehr dunkel (aber sehr lebendig)
fühlen, als klar einsehen.

Sicher, etwas gesagt zu haben, was Sinn
enthält, kümmert's das leichte Mädchen nicht,
daß naseweise Krittler ihr Wort in Anspruch
nehmen, und gewissermaßen für sinnlos erklären
wollen.

„Ich werde nicht am Ende meine eignen Worte auslegen sollen."

Bei vielen Dingen, wo der gemeine Men, schensinn sagt, „das versteht sich von selbst", frägt der Philosoph nicht ohne Grund: und wie versteht sich's? und plagt sich lange, und nicht selten vergeblich, mit diesem Wie?

Eben dies ist die wahre Geschichte der Phi, losophie!!

Die Ideen von Gott, Vorsehung, Freyheit, Pflicht, Recht, Tugend, gehören mit zu den vie, len, und zugleich zu den ausgezeichnetsten, die dem gemeinen Menschen,sinn durch ein gewisses Ahnungsgefühl beywohnen, und er sagte, so oft der speculative Denker sie in Anspruch neh, men wollte, mit Philinen: „sie verstehn sich von selbst: „ich werde doch wol nicht meine eignen Worte auslegen sollen." Und doch scheint es, daß, nachdem über das Wie? der sich selbst er, klären, sollenden Begriffe unter den scharfsinnig, sten Geistern seit drittehalb tausend Jahren und länger, die Meinungen getheilt gewesen, erst in unsern Tagen, durch das von Königsberg her ausgegangene Licht ein befriedigender Aufschluß darüber ertheilt worden. So — scheint es.

*   *   *

Eine sonderbare, aber treffende Bemerkung aus Philinens Munde, ist es, wenn sie einmal sagt: „Ich kann die Kinder nicht leiden! und ein andermal: „ich wollte, daß man die Kinder, wie die Früchte von den Bäumen schüttelte."

. Einem so leichten, flatterhaften Geschöpfe konnte ein so **wichtiges** und **mitunter lästiges Weiber-Angehänge**, als **Kinder sind**, wol nicht anders als höchst lästig scheinen. Die Furcht, bey ihrem sträflichen Umgange mit Männern, irgend einst mit dieser Last behelliget zu werden, mußte jenen Eindruck beharrlich machen. Ueberdem aber liegt in Philinens Bemerkung noch ein gewisser tieferer Sinn, den Philine selbst wahrscheinlich nicht ahndete: den es uns aber, als philosophischen Analytikern, zu erörtern verstattet sey.

Jedes Weib, welches, seys nun mit, seys gegen Convenienz der Welt, ein Kind hat, stellt uns dadurch gleichsam ein **sichtbares Unterpfand sinnlichen Liebesgenusses vor Augen:** denn der Uebergang der Seele von der Würkung, und wäre diese die heilsamste, die schönste, die erhabenste, zu ihrer Ursache, ist hier, so wie überall, sehr natürlich. Dagegen hat jede verheirathete Dame, die ohne Kinder ist, und immer war, ein — ich weis nicht was — leichtes, luftiges, ätherisches. Denn wenn wir sie uns gleich, eben wegen der Rechte einer verheiratheten Frau, keineswegs als in dem

Liebesgenuß unerfahren denken können: so liebt doch die Seele, die grade hier so gern verschleiern mag, jede aufspringende Erinnerung an Dinge dieser Art: und eine Erinnerung dieser Art ist allemal ein Kind, und wär es das schönste, das liebenswürdigste, das hoffnungsvollste.

Uebrigens freilich, gesteh' ich, daß ich keinen Mann für vollkommen ausgebildet halten kann, der nicht Vater ist, und es nie war: so wie keine Frau, die nicht Mutter ist, und es nie war. Die Natur hat an diese Vater und Muttergefühle, als die allernatürlichsten unserer gesammten physischen und moralischen Organisazion, einen zu wesentlichen Theil unserer menschlichen Entwickelung geknüpft; und der sittliche Verderb der Menschheit, der hohe Cultur immer mitbegleitet, hat unter vielen andern Ursachen auch insbesondere die immer steigende Verringerung der Anzahl der Ehen zum Grunde.

* * *

Philinens Art, sich auszudrücken und darzustellen, mag sie erzählen, oder reflectiren, oder witzig seyn, hat überall den Charakter des leicht-hingeworfenen, naiven, des wie im Vorüberfluge gehaschten. Ihre Beobachtun-

gen sind wie ein treffender Blick auf einen Gegenstand: ihre Reflexionen sind ungezwungene An-
biegungen des Gegenstandes an einen leicht-em-
pfänglichen Geist: ihr Ausdruck ist mehr eine
schickliche als zierliche Form für den darzustel-
lenden Gedanken: er skizzirt mehr, als er mahlt;
ist mehr neu-gewandt, als wirklich original;
mehr richtig, als scharfsinnig; mehr durch den
Gegenstand erzeugt, als durch die Kraft des denkenden Subjects hervorgebracht. Kurz, auch ihre
Art sich auszudrücken und darzustellen,
hat das Gepräge jener natürlichen Leichtigkeit, die
ihre eigene Art zu seyn, bezeichnet. Wehe dem
Weibe, die nicht in ihrem eigenen Wesen diesen
Charakter natürlicher Leichtigkeit mehr oder weniger ausdrückt: sie wird, bey allen andern ach-
tungswerthen Vorzügen ihres Geschlechts, unter
dem unsoliden, ungründlichen Männergeschlecht
ohne Zweifel manchen Schätzer, aber schwerlich
Liebhaber finden.

* * *

Die natürliche, glückliche Beobachtungsgabe, mit welcher der Dichter Philinen ausgestattet, macht sie auch zugleich jener
Gewandheit fähig, nach welcher sie sich in
alles zu fügen, das bekannte zu benutzen, das
unbekannte zu ahnen, dem künftigen zuvorzu-

kommen weis: durch welche sie sich nie, auch
_nicht in den schwierigsten, verzweiflungsvollsten
Umständen verlegen findet: ein eigenthümli-
ches Weibertalent, wozu sie durch ihren
angebornen Feinsinn, vielmehr, als wir Männer, aufgelegt sind; welches sie durch mannichfal-
tige und anschauliche Erfahrungen und Beobachtungen in den Verhältnissen des thätigen Lebens ausbilden und üben; und ohne welches sie,
wie ich schon oben sagte, einem großen und
wesentlichen Theil der in ihrem Kreise liegen-
den Geschäfte nicht gewachsen seyn würden.

Einen vernünftigen Mann verlegen zu sehen, ist mehr ein ängstlicher, als ärgerlicher
Anblick: aber der Anblick eines verlege-
nen Frauenzimmers war mir von jeher
unausstehlich. Jeder gescheuten Frau muß
es viel leichter seyn, wenn sie will, einen vernünftigen Mann in Verlegenheit zu setzen; als
dem feinsten Mann, eine Frau verlegen zu machen, wenn er auch immerhin bis zu einer gewissen Tücke gegen sie aufgereizt wäre. So natürlich ist es dem Weibe, fein-klug zu seyn!
so wie es uns Männern dagegen mehr geziemt,
derb-klug zu seyn. Denn dies ist es, was
der Kreis unserer Thätigkeit eigentlich erfordert.

Belege von Philinens Gewandheit und Feinheit liefern uns unter andern insbesondere ihr
politisch-heuchlerisches Betragen bey der Gräfin, ihre aus dem Stegreif schlau erfundene Geschichte bey der Ueberraschung mit Friedrich,
so wie ihr ganzes Betragen, oft widersprechend
unsern Begriffen von Anstand und Sittlichkeit,
aber immer angemessen ihrem eigenen Vortheil
und eigenen Grundsätzen.

*   *   *

Mit ächtem Weiberwitz und treffender Beobachtungsgabe verbindet Philine
auch endlich eine Gattung von ironi-
schem Spott, der der schönen Hälfte unseres
Geschlechts, wegen ihres Feingefühls für Anstand und Convenienz, ihr aber auch insbesondere wegen ihrer leichten und leichtsinnigen Art,
die Dinge anzusehen, eigen ist. Denn eben deswegen, weil ihr so viele Dinge klein, unwich-
tig und überflüssig scheinen, die andern sehr
ernst, gros und wichtig sind, muß sie auch nothwendig viel mehr zu belachen und zu spotten
finden, als andere.

Grade in diesem Lach- und Spottgeist liegt
mit ein Grund, oder er kann selbst vielmehr
als ein wesentlicher Theil angesehen werden —
von dem Frohsinn, welchen der Dichter über

Phi-

Philinens alle Reden und Handlungen ausge-
goſſen hat.

Ein gewiſſer Ausdruck von Schwermuth und
Leidſamkeit an einem Frauenzimmer hat für uns
Männer allerdings einen gewiſſen Reiz: unter
andern vielleicht auch deswegen, weil hier die
Gefühle des Mitleids und der Theilnehmung ſich
zu dem Gefühl der Liebe geſellen, und dieſes
entweder erwecken, oder verſtärken.

Von der andern Seite aber müſſen wir in
dieſer liebenswürdigen Schwermuth und
Leidſamkeit immer doch etwas unnatürli-
ches finden: indem nicht Krankheit, ſondern
Geſundheit, nicht Schwäche, ſondern Stärke, den Charakter der reinen unverdorbenen Natur bezeichnen.

So wie wir daher Geſundheit und Stärke
an unſern Mitmenſchen mehr lieben, als Krankheit und Schwäche, wenn wir gleich ſehr oft
zu den letztern, aus weiſen Abſichten der Natur, ſympathetiſcher hingezogen werden: ſo behagt uns auch an einem Mädchen oder Weibe
vielmehr Freude und Frohſinn, als grämliche
Schwermuth oder empfindſam-hinſchmelzender
Weich- und Zartſinn. Denn angenehm zerſtreuen, aufheitern, zu jedem edleren
Genuß des Lebens und der Liebe beſee-
len, ſollte das Weib den Mann: ſie ſollte mit

J

ihm weinen, aber noch vielmehr und öfter, mit ihm sich freuen.

Die Würde der Gattin, der Mutter kleidet schon eher ein Zug von Leidsamkeit. Aber jedes Mädchen muß, will sie der Natur treu bleiben, auf ihrem Gesicht und in ihrem ganzen Beneh= men, jenes leichte, frohe, immer ungetrübte Götterleben auszudrücken suchen, welches uns die schönen Träume der Griechen an den Cha= ritinnen und allen schönen Bewohnerinnen des Olymps schildern.

*   *   *

Philine gefällt allen Männern; das ist na= türlich: sie misfällt allen Weibern; das ist eben so natürlich. Denn alle Männer lieben ein un= widerstehlich=reitzendes, nnd alle Weiber hassen ein unwiderstehlich=gefallendes Weib. „Alle Schauspieler, die vom Director Serlo engagirt wurden, wollten, sagt der Dichter, das Ansehen haben, durch Philinen empfohlen zu seyn": ein jeder fühlte, obgleich nur zu wol überzeugt, daß sie keinen wahrhaft, und keinen einzig lieb= te, dennoch seine Eitelkeit geschmeichelt, augen= blicklich in ihrer Gunst zu stehen: wie denn überhaupt Coquettenliebe mehr Reitz selbst für sehr gründlich denkende Män= ner hat, als man's aus manchen an=

dern Gründen glauben würde: und es dörfte
schwer seyn zu entscheiden, ob bey einem großen
Theil der Menschen Liebe mehr Eitelkeit oder mehr
Wollust sey? Mancher macht sein Glück bey
Weibern bloß dadurch, daß es von ihm heißt:
er mache bey Weibern viel Glück: und manchen
Weibern laufen Männer blos deswegen nach:
weil es heißt, oder weil man sieht, daß Männer um sie buhlen. Auch hier, wie überall,
ersetzt die Einbildungskraft die Wirklichkeit,
oder kommt ihr zuvor.

Eben so natürlich aber als Liebe
der Männer, ist Haß der Weiber gegen Philinen, z. B. einer Melina, einer
Aurelie, wie es auch der Dichter so häufig andeutet.

Alle Weiber sind geborne Hasser
des Schönen und Gefälligen an ihrem
eigenen Geschlecht, ihr eignes Selbst ausgenommen. So lange indessen die Schönheiten
und Reize eines Mädchens oder Weibes unbe-
wundert und ohne Eindruck auf die Männer bleiben: so lange ist dies Geschlecht ein ziemlich
billiger Schätzer derselben: und wir hören oft
eine vornehme Dame die Schönheit eines Land-
oder eines Dienstmädchens mit neidloser Zunge
rühmen.

Sobald dagegen diese Schönheiten von den Männern bewundert zu werden, und diese Reize zu fesseln anfangen: dann erwachen Neid und Eifersucht in den Herzen selbst der frömmsten und der edelgesinntesten: es ist eine zu tiefe Wunde für ihre Eitelkeit und für ihre sehr verzeihliche Gefallsucht. Es scheint, die Natur wollte, daß jedes Mädchen oder Weib eine bewunderte Schönheit ihres Geschlechts als ihre Nebenbuhlerin ansehen sollte, die ihnen ihren Geliebten Jüngling oder rechtmäßigen Gatten abwendig machen könnte. Denn offenbar ist jene natürliche Eifersucht der Weiber von der vorsichtigen Natur darauf berechnet, ihre Aufmerksamkeit und Sorgfalt für die Bewahrung der Liebe ihrer Liebhaber zu schärfen. Kömmt nun zu dem allen noch, daß ein solcher weiblicher Günstling der Männer die süßen Geheimnisse der Liebe, an deren Verschleyerung den Weibern aus physischen und moralischen Gründen viel gelegen seyn muß, nicht mit jenem Anstande behandelt, den natürlicher und conventioneller Zartsinn erfordern: dann muß ihnen jener Haß nur um so vielmehr gerechtfertiget scheinen.

Und gerade dies war der Fall bey Philinen.

So wie indessen alles, was das Gefühl trift, seinen Eindruck auf Weiber nie verfehlt: so erweckt Philine auch bey den Weibern gewis eben so viel ästhetisches Wohlgefallen, als moralisches Misbehagen. Und das letzte mußte natürlich auch der Fall seyn bey jedem Mann von veredeltem Gefühl und festen moralischen Grundsätzen, wie z. B. bey Wilhelm Meister, den, nach seinem eigenen Ausdruck, Philinens frevelhafte Reitze unwiderstehlich fesselten: unterdeß sein edleres Selbst sie fast verachtete.

„Philinen konnte er nicht widrig, nicht un„hold begegnen: sie hatte nichts gegen ihn „verbrochen: und dann fühlte er sich so fern von „jeder Neigung zu ihr, daß er recht stolz und „standhaft vor sich selbst bestehen konnte“. S. 104 3r Band.

Denn freilich ist es eine Bemerknng, die eben so sehr den Moralisten ärgert, als dem Aesthetiker über alles vortheilhaft ist: daß einiger Leute Fehler uns mehr gefallen, als anderer Tugenden: eine Bemerkung, auf deren Wahrheit ein großer Theil alter und neuer Trauerspiele, Lustspiele und Romane gebaut ist, und die wiederum durch diese erläutert und bestättiget wird.

Da das andere Geschlecht von einer sehr leichten, nachahmenden Natur ist, und von einem unwiderstehlichen Hange zu gefallen, hingerissen wird: (So sehen wir hier in Berlin,

wo Atalante - Vigano's bezauberndes Pantomimenspiel das Alltagsgespräch ist, Weiber und
Mädchen das Köpfchen hängen, die Arme lieb-
lich - nachläßig schlenkern, und Feder - leicht über
die Straße hüpfen!) so sey es mir auch erlaubt,
die schönen Leserinnen vor jeder Nachahmung
der Zauberin Philine zu warnen.

Denn so sehr auch den Männern an dem andern Geschlecht eine gewisse liebenswürdige Froh-
müthigkeit nnd unverschleierte Offenheit zu behagen pflegt: so werden sie doch, so lange Sitte
und Anstand noch einige Rechte über sie behaupten, die Philinen viel lieber in andern Zir-
keln sehen und suchen, als in denen, welche
Sie, meine schöne Leserinnen, mit Ihrer Gegenwart beglücken.

*   *   *

Noch ein paar Charaktere, männliche
oder weibliche, von Philinens leichter
Gattung, würden dem Göthischen Roman
einen großen Theil seines moralischen
Werths genommen haben. Dagegen jetzt
dieser Werth durch die Hinstellung eines solchen Charakters in die Mitte so vieler edlen,
und an jeder moralischen Lehre und Warnung
fruchtbaren, vielleicht nur gehoben wird.

Eben deswegen haben wir auch unsere Erör-
terungen über Philinen so gleich auf die Cha-
rakter-Darstellungen der schönen Seele, einer
Natalie und einer Therese folgen lassen. Und
nunmehr gehen wir von jenem leichten zu dem
ernsten, schwermüthigen, und Schwermuth-ein-
flößenden der Mignon.

*   *   *

Tiefe, aber verhaltene, in sich zurück-
gedrängte Empfindsamkeit bildet die Haupt-
farbe in diesem Charakter-gemälde: und gänzliche Verlassenheit des armen Geschöpfes giebt
dieser tragischen Schwermuth nur noch ein
tieferes Dunkel.

Ein, an Geist und Körper kränkelndes, vier-
zehn-oder funfzehnjähriges weibliches Geschöpf,
entrissen den Armen liebender Eltern, entrissen
einem holden Mutterlande, und von des Schicksals
grausamer Hand hingestoßen unter eine verächtliche Seiltänzer-Truppe, wird von einem edlen,
schönen Jünglinge, wird von Wilhelm Meister,
aus diesem Zustande mehr als barbarischer Scla-
verey befreyt, und von demselben mit der Sorgfalt eines Vaters, mit der Zärtlichkeit einer
Mutter gepflegt und unterhalten.

Mignon liebt Wilhelmen, und muß ihn
lieben, mit der Dankbarkeit eines

Pfleglings, mit der Zärtlichkeit eines Kindes. Ihre unbegränzte, obgleich durch ihre Unerfahrenheit sehr eingeschränkte Dienstfertigkeit gegen Wilhelm, ihr unermüdliches Bestreben, ihm zu gefallen, und seine wohlthätige Milde zu vergelten, sind Beweise jener ihrer Pfleglings-Dankbarkeit.

Aber Mignon ist ein funfzehn-jähriges Mädchen: der Trieb sinnlicher Liebe erwacht in voller Strebe-Kraft: die Seiltänzer-Bande, unter welcher sie vorher gewesen, der Anblick so manches verdächtigen in dem Betragen Philinens und anderer Schauspielerinnen gegen die Männer, und dieser gegen jene, besonders aber Philinens frevelhafte Offenheit in ihren Absichten auf Meistern, führen der regen Einbildungskraft des schuldlosen Geschöpfes Bilder zu, die den erwachten Naturtrieb gefährlich beleben und verstärken.

Mit der Heftigkeit natürlich-starker Empfindsamkeit, mit der Hingebung einer Verlassenen und Unglücklichen, mit dem Feuer einer lodernden Einbildungskraft, wirft sich ihre Liebe — auf wen?

Auf wen anders, als auf Meistern, den edlen, den schönen Meister. Er hat so viel thätige Liebe für Mignon bewiesen!

Wer hat mehr Recht, und mehr Pflicht, ihn wieder zu lieben, als Mignon? Alle Weiber, alle Mädchen (sie ists Zeuge) laufen Wilhelmen wie um die Wette nach!! Wen kann Mignon schöner, liebenswürdiger finden, als ihn, den Allgeliebten, Allgesuchten?

Wenn der Philosoph, der Dichter, der Sprachforscher, nur zu oft Ursache finden, es zu bedauern, daß die Sprache zur Bezeichnung der Geschlechtsempfindung keinen eigenthümlichen, sondern denselben Ausdruck (Liebe) gewählt hat, womit wir sympathetisches Wohlwollen gegen die uns gleichgeschaffenen Naturen überhaupt andeuten: so sehen wir hier, so wie in tausend Vorfällen des wirklichen Lebens, wie innig, wie unzertrennlich moralische Liebe und Geschlechtsliebe mit einander verbunden sind, und wie leicht jene in diese übergeht, wenn der moralisch-geliebte und der moralisch-liebende von verschiedenem Geschlecht sind.

Ich finde es höchst wahrscheinlich, daß kein noch so gescheuter Mann sich irgend einer Frau, und keine noch so vernünftige und keusche Frau sich einem Manne, für erwiesene Wohlthaten moralisch verpflichtet fühlen kann, ohne daß sich nicht in das Gefühl des Verpflichteten, und des Ver-

pflichtenden mehr oder weniger von Geschlechtsempfindung mit einmische.

So enge ist das Band zwischen moralischer
und physischer Liebe unter Personen verschiedenen Geschlechts! So einzig hält die schaffen-
de und erhaltende Natur das menschliche Geschlecht, wie an einer alles - stützenden, alles
umschließenden Handhabe, an dem Interesse
des Mannes für das Weib, als Weib;
des Weibes für den Mann, als Mann!

Eben in diesem innigen Zusammenhange der
moralischen und der Geschlechtsliebe ist daher
die Ursache jener Bezeichnung beyder, durch
ein und dasselbe Wort*) zu suchen: indem
Geschlechtsliebe offenbar als der höchste Grad
sympathetischen Mitgefühls für die uns verwand-
te Naturen angesehen werden muß.

Aber zurück — von dieser dem Psychologen
und philosophischen Sprachlehrer vielleicht nicht
unangenehmen Abschweifung zu der interessanten
Mignon!

Mignon also liebt, liebt den Meister: aber sie weis es selbst kaum, daß
sie ihn liebt. Sie befindet sich in jenem Zustande süß - schwärmerischen Hinbrütens und der
in ihren eigenen Traum-gestalten schwelgenden

*) Denn wir sagen ja.Nächstenliebe, und Liebe zu den
Weibern.

Einbildungskraft, jenem Mittelzustande lüsterner Sinnlichkeit zwischen Wohl und Weh, zwischen Sehnsucht und Hoffnung: ein Zustand, von
dem jedes unschuldige Mädchen in der Epoche
der sich entwickelnden Mannbarkeit mehr oder
weniger empfindet, und der sich gewöhnlich durch
einen gewissen physiognomischen Ausdruck schmachtender Sehnsucht ankündiget.

Unbestimmt, wie ein solches Geschlechtsge-
fühl in unschuldigen Mädchen ist, war es für
Mignon nur desto gefährlicher, daß es sich auf
Einen, und so nahen Gegenstand heftete: und
der Dichter mußte ihr daher keinen geringern
Grad moralischer Verpflichtung, das
heißt, moralischer Liebe geben, als er ihr
nun gab, um durch den moralischen Theil
ihres Liebegefühls für Meister, ihren
Wohlthäter, ihren zweiten Vater,
den physischen für Meister, den schönen, den allgesuchten Jüngling, zu mä-
ßigen. Denn gewis ist diese Mäßigung der
sinnlichen Liebe durch die moralische natürlicher, und eben deswegen nicht so selten, als es
uns da epikurische oder sentimentalische Dichter
überreden; oder auch schwachköpfige Philosophen
und Halbkenner der menschlichen Natur demon-
striren wollen: nur wird freilich erfordert, daß
diejenigen, die diese Prüfung (eine Prüfung ist

es allerdings) bestehen sollen, von einer bis jetzt
noch unverleiteten, unverführten Sinnlichkeit
sind.

Denn auch Mignon konnte ja, ohngeachtet
ihres vorigen und gegenwärtigen Umgangs, immer nichts mehr, als a h n e n.

Aber auch bey diesem Grade moralischer
Liebe, aber auch bey diesen reinen und unverdorbenen Sitten, welches Feuer, welche Gewalt der Empfindung in den einstweiligen Aus-
brüchen jener innerlich-zehrenden Glut! welche
Braut kann zärtlicher, inniger an ihrem Bräutigam hängen, als Mignon an Meistern! kann
emsiger streben, in allen größten und allen kleinsten Dingen ihm gefällig zu werden,
als Mignon! kann sich tiefer gekränkt fühlen,
wenn er sie irgend zu vernachlässigen, oder die
Beweise ihrer Liebe nicht gehörig zu würdigen
scheint, als Mignon! Keine andere, als Wilhelms Rockfarbe will sie tragen: um ihm zu gefallen, wäscht sich das arme Geschöpf ihre
schwarzbraune Farbe bis aufs Blut ab: gereizt
durch ein leichtsinniges Liedchen auf das Süße
einer in den Armen des Geliebten zugebrachten
Nacht, schleicht sie sich, unbewußt, was sie dort
thun will, in der Nacht an Wilhelms Schlaf-
zimmer hin, wo leider! eine Philine ihr schon
zuvorgekommen ist.

So wie jede gewaltige Leidenschaft, von welcher ein Mensch unwiderstehlich beherrscht wird,
etwas schauerliches für uns hat, indem wir in
einer solchen Allgewalt der Leidenschaft gleichsam sichtbar die eherne Hand eines alles-unter-
jochenden Schicksals erkennen, und von dem
Gefühl menschlicher Ohnmacht ergriffen werden:
so hat auch eine Liebe, wie sie uns da der Dichter in Mignon schildert, unüberwindlich-heftig,
heimlich-sehnend, und in sich selbst verschlossen,
— etwas schauerlich-wehmüthiges,
furchtbar-rührendes.

Wie unter einer von dem Arm unerbittlicher
Natur aufgebürdeten Last sehen wir das arme,
unglückliche Geschöpf seufzen und schmachten,
und, allmählig sich selbst verzehrend, endlich erliegen und hinschwinden. Nirgends Hülfe, nirgends Linderung für das geängstete, von hof-
nungsloser Sehnsucht und süß-bangen Ahnungs-
schauern zerrissene Herz: weiß sie's doch selbst
kaum, was sie will? wornach sie schmachtet?
Furchtbar-charakteristisch an jeder verhaltenen
heftigen Leidenschaft ist die kurze, abgebrochene, aber immer tiefen Sinn ausdrückende
Sprache derselben. Es scheint, als wenn die,
mit ihren Vorstelluugen und Empfindungen über-
ladene, Seele, sich gleichsam vor sich selbst
fürchtet; und ihre eigne Bürde durch Worte sich

selbst und andern vor Augen darzulegen scheuet.
Selbst als kalte Zeugen und Beobachter einer
solchen kurzen, abgebrochenen Ausdrucksart er-
füllen uns solche Menschen mit einer geheimen
Angst: es ist, als wenn wir befürchten, die
langverhaltene Leidenschaft, deren eigne Stimme wir in diesen einsylbigen Lauten vernehmen,
würde gegen uns selbst, würde in diesem Augenblick losbrechen, und die ganze Fülle ihrer
Gewalt ausschütten.

Wie denn überhaupt eine schweigende Leidenschaft pathetischer ist, als eine beredte:
welches aber leider weder von unsern declamato-
rischen Dichtern und Dramatikern, noch von unsern polternden Schauspielern beherziget wird.
Denn wäre dies, so würden uns jene nicht mit
unzeitigen Redner-figuren langweilen; diese
nicht durch kreischende Sprache und convulsivi-
sche Pantomimen übertäuben.

Mignons abgebrochene, aber sinnvolle Ausdrucksart, z. B. wenn Wilhelm sie frägt: Warum gefällt dirs in unserm Lande nicht? und
sie dann ihm antwortet: „Mich friert hier“;
ihr beredt-stummes Pantomimenspiel; ihr ge-
heimnisvolles in sich gekehrtes Wesen; — hat
etwas schauderhaftes, etwas, das die Einbildungskraft eben so sehr erschüttert, als unsere
Neugier spannt und reizt.

Das scharfsinnige, das treffend- und glück-
lich-gesagte in solchen kurzen Ausdrücken verhaltener Leidenschaft liegt darin, daß der mit allen seinen Energien gespannte Geist aus der con-
centrirten Maße reger Ideen und Empfindungen
gerade diejenigen aushebt, die ihm die gegenwär-
tigsten, die lebendigsten sind.

Wenn die Dichter von Begeisterung, von Enthusiasmus sprechen, wenn sie von diesem Gei-
steszustande rühmen, daß alsdann, um mit dem
kühnen Ausdruck eines Morgenländers zu sprechen, die Gebärmutter der Seele sich aufschließt,
und ihnen Gedanken geboren werden, wie der
Thau aus der Morgenröthe: was ist diese Begeisterung, dieser Enthusiasmus anders, als der
leidenschaftliche Schwung, womit der
Geist seinen Gegenstand ergreift, und in welchem ihm, gerade vermittelst dieser leidenschaft-
lichen Bewegung seines Innern, alles an diesem Gegenstande von der lichtvollsten Seite erscheint.

Wir bemitleiden, bedauern die Arme, so lange noch Wilhelm sich in ihrer Nähe befindet:
wenn gleich auch hier schon der Anblick von des
Einziggeliebten mehr oder weniger verdächtigem
Umgange mit Weibern und Mädchen, seine mannichfaltigen anderen Zerstreuungen, und nicht

selten auffallende Gleichgültigkeit gegen Mignon, eine solche Liebe tief, tief kränken mußte.

Aber wir zittern, wir schauern für das arme Geschöpf wenn nun Wilhelm die Truppe verläßt: wenn sie allein und einsam, fremden Händen anvertraut wird: wenn kein holder Blick, kein liebevolles Wort des Einziggeliebten, ganze Tage und ganze Monate hindurch dieses lechzende Herz erquickt. Ja wir zittern, wir schauern für Mignon.

Und nicht umsonst!

Die unwiderstehliche, immer-heftiger lobernde und immer gewaltsamer-zurückgedrängte Flamme frißt sich durch das verzehrte Herz in den Sitz des körperlichen Lebens hinein: eine Krankheit nagt an dem, durch die Geburt schon mit siechem Stoff geschwängerten, Körper.

Wie zur einstweiligen Ableitung ihrer allgewaltigen Gefühle für Meistern hängt sie sich eine Zeitlang mit schwesterlicher Zärtlichkeit an den kleinen Felix, den sie, wie der Dichter schildert, so einzig wartet und pflegt. Und wer weiß es nicht, daß für zärtliche, von bestimmten, oder von unbestimmten Lie-be-gefühlen tiefdurchdrungene Weiberseelen Liebe zu einem unschuldigen Kinde, oder auch zu einem Vogel, einem Hündchen — ein nicht unglücklicher Ableiter unbefriedigter

Sehn-

Sehnsucht ist? Gewährt es uns doch schon
auch bey andern Leidenschaften eine gewisse Befriedigung, wenn wir dieselbe an ganz andern,
als an ihren eigenthümlichen Gegenständen,
wenn wir z. B. unsere Erbitterung wegen eines
Falles, an dem Stein, der uns fallen machte,
äussern können.

Wilhelm, der geliebte Wilhelm,
kommt nicht! Sehnsucht und Liebe in dem
armen Mädchen werden immer Aussicht- und
hoffnungsloser, Geist und Herz immer siecher,
der Körper immer kränker.

Mignon ist religieuse!

Zurückgedrängt von dem geahnten süssesten
Genuß, beraubt jedes lindernden Trostes, hin-
geworfen in die Mitte fremder und zum Theil
sehr gefühlloser und leichtsinniger Menschen,
wie sie eine Comödianten-Truppe immer zu
haben pflegt, ohne Aussicht, ohne Hoffnung,
— ohne Wilhelm — überspringt sie mit einer
immergespannten und längst überspannten Einbildungskraft alle Schranken einer
so durchaus Genus- und Freudenleeren, und
diesem Herzen nimmergnügenden Wirklichkeit,
und sucht für ihre, hienieden unbefriedigte und
nimmer zu befriedigende, Sehnsucht ein Ziel
in einer andern Welt. Wie kindlich-zu-
versichtlich, wie lieblich-schauerlich ihre Phan-

K

taste mit übersinnlichen Himmelstraumgestalten
spielt! Wie ihre, an Sehnen und Schmachten
und Harren gewöhnte Einbildungskraft sich an
die überirrdische Genüsse schmiegt, nicht anders,
als an den abwesenden Wilhelm!

Wie uns ihr ganzes Wesen schon in jenes
schwebende, duftige, ätherische aufgelöst scheint,
ohngefähr so, wie uns da der Sänger des
Messias den Uebergang der Auferwekten zur
himmlischen Verklärung schildert! Auch wir Leser, nicht blos die getäuschte Kinder S. 4r Bd
158—59 sehen einen Engel in ihr: gleich
einem Harmonie-reichen Engellaut, aus ver-
klärtem Munde oder von einer der Harfen am
Throne des, der ewig ist, tönt uns in Ohr und
Herz das schöne Lied:

> So laßt mich scheinen, bis ich werde:
> Zieht mir das weiße Kleid nicht aus,
> Ich eile von der schönen Erde
> Hinab in jenes feste Haus. u. s. w. S. 259. ff.

Als Wilhelm zum erstenmal nach seiner leztern längern Trennung sie kurz vor ihrem Tode
wiedersieht, „reicht sie ihm lächelnd die Hand,
„und sagt: ich danke dir, daß du mir das Kind
„wiederbringst: sie hatten ihn Gott weis wie
„weit entführt, und ich konnte nicht leben seit-

„her. So lange mein Herz auf der Erde noch
„was bedarf, soll dieser die Lücke ausfüllen".

„Die Ruhe, mit welcher Mignon ihren
Freund empfangen hatte, versetzte die Gesell-
schaft in große Zufriedenheit (S. 286. 4r Bd.)"
Es scheint hier mit dem Gemüthszustande der
Mignon so zu ergehen, wie vielen Körper-
Kranken, die kurz vor ihrer gänzlichen Auflö-
sung, sich gesund zu fühlen anfangen.

Die durch hoffnungsloses Sehnen und frucht-
loses Streben erschöpfte Seele wendet sich plötzlich auf die entgegengesetzte Seite gleichmüthi-
ger Ruhe, um nun bald auf immer — zu
einer bessern Ruhe einzugehen. Fast sollte
man glauben, Geist und Körper brauchten zu
ihrer endlichen Auflösung eine gewisse Spannung, welche die Natur nur durch eine solche
vorhergegangene Sammlung der Kräfte hervorzubringen wisse.

Es war's werth, — dies edle, wohlgeborne,
und unglückliche Mädchen, welches uns während
der kurzen Zeit unserer Bekanntschaft mit ihr
so einzig interessirte, daß der Dichter ihr früh-
zeitiges, aber von der frommen Dulderin nicht
mehr als von uns selbst gewünschtes Abschei-
den aus einer für sie freudenleeren und aus-
sichtlosen Welt, mit dem erhaben-rührenden

Chorgesange krönte, mit welchem er uns S.
414 — 463 4r Band entzückt.

Ein Chorgesang, welchen von Anfang bis
zu Ende der Geist des Verfassers der Iphigenie
durchwehet, dieser Geist, der Sophokles Erhabenheit mit Euripides zarter Empfindsamkeit, in
ächt-antiker Manier, so glücklich zu verbinden
weis, daß der Kenner des Alterthums nicht ein
Werk neuer Dichtkunst, sondern die möglich-
treuste Uebersetzung eines Originalwerks der
schönsten Epoche des Alterthums zu lesen glaubt,
welches, den Kritikern Europens bis dahin noch
unbekannt, aus den verschütteten Bibliotheksälen
irgend eines den Musen günstigern Herkula-
neums aufgegraben worden. So still-erhaben
und heilig-ernst sind die Gedanken in diesem
feierlichen Todten-Gesang! so groß und würdevoll, und doch zugleich zart und menschlich-
weich die Gesinnungen! so weit entfernt beyde
— von tändelnder Schwärmerey für's Ueber-
sinnliche, und von atheistischem Unglauben! so
gefällig-weise gemischt erscheinen hier die holden Schimmer des Lebens mit den dunkeln Schatten des Todes! so feierlich-voll und wie Har-
monika-laute aus einer bessern Welt tönet der
rythmisch abgemessene Vers, der jetzt wie aus
dumpfer Grabeshöhle heraufschallet, jetzt wie in
die lichten Sphären emporjauchzt.

Der Chor mit seinen Lehren und Ermah=
nungen voll erhabenen Ernstes schwebt wie über
dem Staube: bewillkommt den verklärten An=
kömmling in der höhern Sphäre: zeigt den
auf der Erde zurückgebliebenen das glückli=
chere Loos der Erdentronnenen: erinnert sie
an Bewahrung und Ausbildung ihres edlern
Selbst, als des Göttlichen im Menschen, des
Schönen und Guten: und ermuntert sie zum schö=
nen und edlen Genus des holden Daseyns.

„Seht die mächtigen Flügel doch an! seht
„das leichte reine Gewand! wie blinkt die gold=
„ne Binde vom Haupt! seht die schöne, die
„würdige Ruh!“

„Schaut mit den Augen des Geistes hinan!
„in euch lebe die bildende Kraft, die das schön=
„ste, das höchste, hinauf über die Sterne das
„Leben trägt.“

„Kinder kehret ins Leben zurück. Tag und
„Lust und Dauer ist das Loos der Lebendigen.“

Die Knaben weinen, wie aus dem Stau=
be herauf, und ein jeder Laut ihrer Stimme
ist ein rührender Seufzer aus dem Munde der
elegischen Muse selbst.

„Ach! wie ungern brachten wir ihn her: Ach!
„und er soll hier bleiben! laßt uns auch bleiben!
„Laßt uns weinen, weinen an seinem Sarge.“

Die Jünglinge:

Schüler ächt Sokratischer Weisheit besänftigen sie die weichen Klagen der Knaben, und lehren sie ernsten Lebensgebrauch.

„Schreitet, schreitet ins Leben zurück! nehmt „den heiligen Ernst mit hinaus: denn der „Ernst, der heilige, macht allein das „Leben zur Ewigkeit.“

Dieses „Nehmt den heiligen Ernst mit hinaus: denn der Ernst, der heilige, macht allein das Leben zur Ewigkeit“ tönet etwas unaussprechlich großes, tiefsinniges, überirdisches

nil mortale.   Virgil.

Jedes Wort ist weit und stark wie ein Riesenschritt: und die ganze Sentenz hat durch den kraftvollen Gräzismus,

„der Ernst, der heilige“
und durch das Dunkelhelle in der Wendung

„macht allein das Leben zur Ewigkeit“.
eine Kühnheit, einen Nachdruck, und pathetische Fülle, mit welcher nur der Mund eines Ueberirdischen sprechen zu können scheint.

Als ich zum erstenmal das „der Ernst, der heilige“ in dieser Verbindung las, dünkte mich's, daß das Wort „Ernst“ hier zum erstenmal in der ganzen Wahrheit und Fülle seines Sinnes gedeutet worden.

Hätte man mir diesen erhabenen Chorgesang, als ein griechisches Originalstück vorgelegt, und mich Verfasser und Epoche desselben rathen las- sen: so würde ich gesagt haben: Als Diotime, die Göttliche, starb, entwarf Socrates den Plan dazu: Plato setzte die Worte und den Rythmus: Sophokles feilte die Verse; und Xenophon hiel- te das Stück eine Zeitlang für den eigenen Schwanengesang des von Unsterblichkeit begei- sterten Socrates.

* * *

Wenn ich das in rührende Empfindungen für Mignon zerfließende Herz meiner Leser und Le- serinnen von neuen Wehmuthsschauern beben machen will: welchen Charakter kann ich auf Mignon folgen lassen, als Marianen: ach! Mariane, die unglückliche, gute, edle, noch unter den Klauen der Verführung gute, edle, unverführte, und von dem edelsten Jüngling den- noch verlassene, weggeworfene Mariane.

Ich lege, ehe ich noch weiter schreibe, für einige Augenblicke die Feder beyseite, um mich erst satt zu weinen um so manches treffliche Samenkorn der Menschheit, welches, hingewor- fen an den öden Weg eines Lebens voll unseli- ger Zufälligkeiten, von rohen Füßen zertreten, und ohne Blüthe, ohne Frucht, auf immer vernichtet wird.

Von bemittelten Eltern geboren, eine Zeitlang im Wohlstande erzogen, und zu jeder holden Gemächlichkeit des Lebens gewöhnt, die man nur peinlich entbehrt; sieht sich das funfzehn-sechzehnjährige Mädchen, ohne Vater, ohne Mutter, ohne Freund und Führer, in der traurigen Nothwendigkeit, einen Stand (der Schauspieler) zu wählen, der, wenn er nicht aller der Unterstützung genießt, zu welcher Kunsttalent berechtiget, diejenigen, die sich ihm aus Noth widmen, so leicht jeder lockendsten Verführung und jedem drückendsten Elende preisgiebt.

Leider fühlt sie das letztere zu früh und zu schrecklich, als daß sie nicht den Schlingen der erstern gefährlich nahe gebracht werden sollte. Figur, Jugend, Schönheit, interessantes Spiel, locken bald Männer und Jünglinge herbey, die einer so zarten, schuldlosen Seele besser nie naheten.

Aber was ihr reines Herz verwirft, wählt der Drang der Noth. Doch gewährt sie keinem, was ein edles Weib nur dem einzig-geliebten, oder dem unzertrennlichen Lebensgefährten gewährt.

Wilhelm Meister, der edle, der schöne Jüngling, mit einem Geiste, wie ihn nur selten
Jünglinge haben, mit einem Herzen, sanft und
zart und rein, wie Marianens, Wilhelm Meister allein ist der Glückliche! denn er ist der
einzig-würdige.

Gemählde erster, reiner, schuldloser Jüng-
lings- und Mädchen-Liebe — welcher alltäglich-
ste Roman will sie uns nicht liefern? aber
welcher der treflichsten, die je geschrieben worden, liefert sie uns mit dieser Fülle, dieser
Zartheit, wie sie sich da unter tausend Jüng-
lings- und Mädchenseelen kaum in einer, und
auch in dieser nur in den seligsten Augenblicken
holder Erinnerung einst-genossener Wonnen
abspiegeln.

> Jeder Jüngling sehnt sich so zu lieben,
> Jedes Mädchen so geliebt zu seyn.

Jene ätherische Engelgestalten gränzenloser
Hingebung, ewiger Treue, süßer Herzensergie-
ßungen, und lieblicher Tändeleyen, unter deren Genuß der Geist zum Körper, der
Körper zum Geist wird, diese Traumge-
stalten einer wonne-berauschten Einbildungskraft, die uns bey jeder innigen Theilnehmung für
Liebende bald mehr, bald weniger lebhaft vor-
schweben, — — Göthens Meisterhand hat sie zu

haschen, Göthens Kunst hat sie unserm Auge
darzustellen, unser Herz mit der ganzen Fülle
ihrer Herrlichkeit zu entzücken gewußt. Er selbst
spricht einst von einem überschäumenden, über-
quillenden Becher frischer Liebe: aber in dem
Gemählde von Marianens und Wilhelms Liebe
hat er uns diesen Becher bis zum vollen Göt-
ter-rausch zugetrunken.

„Ich lieb ihn! Mit welchem Entzücken sprech'
„ich zum erstenmal diese Worte aus: das ist die
„Leidenschaft, die ich so oft vorgestellt habe,
„von der ich keinen Begriff hatte. Ja ich will
„mich ihm um den Hals werfen. Ich will ihm
„meine ganze Liebe zeigen, seine Liebe in ihrem
„ganzen Umfange genießen.“

Sehet da die Sprache verliebter Begeisterung in aller ihrer Fülle und Klarheit, wie eure
ekel-sentimentalischen Roman-Dichter sie euch
so oft wollen hören lassen!

„Wilhelm verrichtete des Tages seine Ge-
„schäfte pünktlich, entsagte gewöhnlich dem
„Schauspiel, war Abends bey Tische unterhal-
„tend und schlich, wenn alles zu Bette war, in
„seinen Mantel gehüllt, sachte zum Garten hin-
„aus, und eilte, alle Hero's und Leanders im
„Busen, unaufhaltsam zu seiner Geliebten.“

Diese Stille des Gemüths, diese sorgfältige
Beobachtung aller gewöhnlichen Pflichten und

Sitten, dieses heimliche, in sich verschlossene, mahlt wahre Liebe unendlich treffender, als jene heroische Aufbrausungen, jenes enthusiastische Grossprechen und Aufpoltern, jene renommistischen Wegsetzungen über alles, was Convenienz und Sitte heißt; als jene Flammensprühenden, Mord und Tod drohende Reden, womit unsere allerneusten Romanschreiber ihre verliebten Helden ohngefehr eben so reichlich, und auch eben so schicklich ausstatten, als ihre Ritter mit ungeheuren Haudegen, Helmen und Federbüschen.

Wahre Liebe liebt still und geräuschlos, wie ächte Tugend handelt; heilige Schaam- und Lippen-versiegelnde Verschwiegenheit wachen unaufhörlich an der Thür eines Herzens, in welchem ächte Liebe wohnt. Wir schließen so gern die ganze Welt aus von derjenigen Welt, in welcher wir so einzig genießen.

„Als Wilhelm aus dem ersten Taumel der „Freude erwachte, erschien ihm alles neu, seine „Pflichten heiliger, seine Beobachtungen lebhaf-„ter, seine Kenntnisse deutlicher, seine Talente „kräftiger, seine Vorsätze entschiedener.“

Jede Leidenschaft schwängert gleichsam die Seele mit neuem Lebensstoff: alle ihre Kräfte werden zu einer stärkern Energie und erhöhten Thätigkeit angeregt: eben einen solchen leiden-

schaftlichen Gemüthszustand nennen die Dichter,
wir sagtens schon oben, mit einem eben so erhabenen, als treffenden Ausdruck, Begeisterung.

Unter allen Leidenschaften aber, von welchen
wir gerührt oder erschüttert werden können,
verbreitet sich keine so einzig über
den ganzen Menschen, nach Geist und
Herz, nach Gesinnungen und Handlungen, als die Liebe: und die Wirkungen
einer solchen Alleinherrschaft der Liebe in
der Seele hat der Dichter hier so wahr, so einfach dargestellt.

Eine Zeitlang süß zu naschen, und dann auf
immer davonzuflattern: das ifts, was unsre
Wüstlinge Liebe nennen. Nicht so — wahre
Liebe.

„Alle Freuden der Liebe haben wir empfun-
„den: aber es sind neue Seeligkeiten in dem
„bestättigten Gedanken der Dauer. Wir gehö-
„ren einander an, und keins von beiden verläßt
„oder verliert etwas, wenn wir für einander
„leben. Vertrau mir, und sey ruhig“.

Der Uebergang von der Liebe zur
Ehe, von den Süßigkeiten der erstern
zu der Gründlichkeit der andern, ist in jedem unverdorbenen Herzen die natürlichste Entwickelung dieser Leiden-

schaft: ihren einzigen Gegenstand immer zu lieben, und immer zu beglücken — das ist Wunsch ächter Liebe. Daß aber die Entzückungen der ersten Liebe allmählig in sanfte Milde übergehen, ist eben so natürlich, und eben so heilsam, als daß sie im Anfange statt fanden. Der Ernst des fleißigen Arbeiters, oder des thätigen Geschäftsmannes, die zusammengesetzte Sorgfalt der Hausfrau und der Mutter, würden mit jenen Entzückungen schwer vereinbar seyn.

Mariane nun — wie zeichnet sie sich aus? Durch welche Art von Witz oder origineller Wendung des Geistes? Durch welche Art zu denken oder zu handeln?

Mariane kann nichts als lieben, rein, zärtlich, innig lieben.

Und dies ist es, was Meistern, was uns, so einzig an ihr interessirt.

Liebenswürdig zu lieben — darin besteht die höchste Weiber-Originalität.

Wehe den Weibern, die, bey herrlichen, unschätzbaren Vorzügen jeder Art des Geistes, des Witzes, des Schöngefühls, der Kenntnisse, nicht liebenswürdig sind, indem sie lieben!

Ja lieben, ist das einzige, was Mariane kann. Vergebens forschen wir in

jenen süßen Unterhaltungen des geliebten Jünglings mit dem geliebten Mädchen nach Spuren
eines piquanten, treffenden, oder auch leis und
sanft einhertretenden Mädchen- und Weiberwitzes,
wie er den Schönen von einem besonders-leb-
haften Geist oder auch von einer gewissen weichen Leidsamkeit eigenthümlich zu seyn pflegt.

Ein einzigesmal nur giebt uns der Dichter
einen Wink von einer Art Wendung oder
Witz, den die Liebe selbst die Liebenden
lehrt, und von dem ich daher sagen möchte,
daß er nicht in ihrem Geiste lag, sondern ihr von außen kam.

Wilhelm in einer jener liebe-traulichen
Abendstunden zeigt ihr das Puppenspiel, und er-
klärt ihr Rolle und Kleidung der spielenden
Personen. Und hier setzt der Dichter hinzu:

„David war ihr zu klein, und Goliath zu
gros; sie hielt sich an ihren Jonathan!

„Sie wußte ihm so artig zu thun, und zu-
„letzt ihre Liebkosungen von der Puppe auf un-
„sern Freund zu übertragen, daß auch diesmal
„wieder ein geringes Spiel die Einleitung glück-
„licher Stunden wurde.‟

Jede Leidenschaft, jeder Instinct im Menschen,
hat seine eigenthümliche Art von Witz, ich will
sagen, von erhöhter Geistesthätigkeit und Lebhaftigkeit, das, was in dem Kreise der Leiden-

schaft oder des Inſtinkts liegt, zu wenden, zu
leiten, Mittel und Zweck zuſammen zu ordnen,
Schwierigkeiten zu umgehen u. ſ. w.

Leute ohne allen Geiſt hörte ich oft in Augenblicken gereizten Unwillens und brennender
Erbitterung mit treffenden und glücklichen Wendungen ſprechen.

Laſſet das einfältigſte Mädchen verliebt werden: und ihr werdet ſie witzig, geiſtreich, fein-
klug finden, in allem, was den Gegenſtand ihrer Liebe betrift.

Alles alſo, was Mariane iſt, iſt ſie durch
Liebe und in Liebe. Charakter wahrer Liebe iſt es, daß der Liebende den Geliebten nicht
blos durch Annehmlichkeit reizen, ihm nicht blos
durch Schönheit gefallen, ſondern auch ihm mo-
raliſch-gut und tugendhaft ſcheinen will;
ein Zug dieſer zarten Leidenſchaft, den die Natur deswegen hier angebracht zu haben ſcheint;
weil ſie die durch Liebe Verbundenen zu den
ernſteſten und wichtigſten Zwecken ihrer großen
Oekonomie der menſchlichen Dinge beſtimmte,
nämlich zur Fortpflanzung des Menſchenge-
ſchlechts, zur Bildung und Erziehung junger
Weltbürger, zur Beherrſchung der Familien.
Wie weiſe, wie heilſam-abſichtlich war's von
ihr, daß, da ſie die ganze Moral, von
der ſinnlichen Seite unſerer Natur angeſe-

hen), einzig auf Sympathie gründete,
sie in diese stärkste, umfassendste, heilsamste aller
Sympathien zugleich unmittelbar einen Fond von
Moral hineinlegte.

Daher denn auch die alte Sage der
Dichter von der Verwandtschaft des
Schönen mit dem Guten, der Liebe mit
der Tugend, mehr Grund hat, als einige
der neuern Philosophen,

Epicuri de grege

zugeben wollen: worin sie aber, wie in so vielen andern ihrer Grundsätze, die sie für Erklärungen der Natur ausgeben, dieser offenbar ins
Angesicht widersprechen.

Schönheit, kann man sagen, ist äußere Tugend, und Tugend ist innere Schönheit:
beyde sind, nur in verschiedenem Accord, har-
monierende Laute einer und derselben ewigen
Liebe, die dieses All mit mächtigen Banden
zusammenhält.

Auch Mariane will ihrem geliebten Wilhelm nicht blos schön, sondern auch gut,
auch tugendhaft, will ihm ein durchaus
vollkommenes Mädchen seyn. Aber ach! wie weit
fühlt sie sich, in ihrer unseligen Lage, von dieser Vollkommenheit entfernt?

„Ach wenn nur nicht manchmal die kalte
„Hand der Vernunft über ihr Herz gefahren
                                                „wäre.

„wäre. Selbst an dem Busen Wilhelms war
„sie nicht sicher davor. Und wenn sie nur gar
„wieder allein, und aus den Wolken, aus de-
„nen seine Leidenschaft sie emportrug, in das
„Bewußtseyn ihres Zustandes herabsank: dann
„war sie zu bedauern. Das arme Mädchen
„hatte sich Augenblicke in eine bessere Welt hin-
„übergerückt gefühlt, hatte, wie von oben herab,
„aus Licht und Freude, ins Oede, Verworfene
„ihres Lebens herunter gesehen, hatte gefühlt,
„welche elende Creatur ein Weib ist, das mit
„dem Verlangen nicht zugleich Liebe und Ehr-
„furcht einflößt, und fand sich äußerlich und in-
„nerlich um nichts gebessert.“

„Welche elende Creatur ein Weib ist, das
„mit dem Verlangen nicht zugleich Liebe und
„Ehrfurcht einflößt“: eine große Wahrheit,
die jedes Mädchen und jede Frau in ihr Sou-
venir eintragen sollte! Durch Schönheit und
Annehmlichkeit flößt man Liebe, durch Tugend
allein nur Ehrfurcht ein. Und von dieser
Ehrfurcht kann man sagen, was der Dichter —
jeder andern Gattung von Ehrfurcht z. B. des
Standes mit Recht abspricht:

Majestas et amor in una sede morantur.

Ovid.

Liebe und Ehrfurcht herrschen auf einem
Throne beysammen.

L

Eben so charakteristisch ist es, wie uns der Dichter in dem folgenden Marianens Liebe schildert.

Giebt es eine feinere Moral, einen bewundernswürdigeren Edelsinn, als den die Liebe Marianen lehrt?

Sie hat dem rohen, zudringlichen Norberg, ohngeachtet sie von seiner Freygebigkeit fast einzig abhängt, muthig und glücklich widerstanden.

„Wie heiter wachte sie auf", erzählt die alte Barbara von der frohen Siegerin. „Wie freundlich rief sie mich herein! wie lebhaft dank„te sie mir! wie herzlich drückte sie mich an ih„ren Busen! Nun, sagte sie, indem sie lächelnd „vor den Spiegel trat, darf ich mich wieder an „mir selbst, nicht an meiner Gestalt freuen, da „ich wieder mir, da ich meinem einzig geliebten „Freund angehöre. Wie ist es so süß, überwun„den zu haben! welch eine himmlische Empfin„dung ist es, seinem Herzen zu folgen! wie „danke ich dir, daß du dich meiner angenom„men, daß du deine Klugheit, deinen Verstand, „auch einmal zu meinem Vortheil angewendet „hast! steh' mir bey, und ersinne, was mich „ganz glücklich machen kann."

Fast erhaben ist es, wenn das edle Mädchen, nach so glücklich überstandenem Kampf, sich in Offizierkleidung wirft, und in

dieser Heldentracht ihren geliebten Wilhelm erwartet.

„Verdien' ich nicht, sagte sie, heute in
„Mannstracht zu erscheinen? hab' ich mich nicht
„brav gehalten? Mein Geliebter soll mich heu-
„te wie das erstemal sehen, ich will ihn so
„zärtlich, und mit mehr Freyheit an mein Herz
„drücken, als damals: denn bin ich jetzt nicht
„vielmehr die seine, als damals, da mich ein
„edler Entschluß noch nicht frey gemacht hatte?"

„Aber, setzt sie nach einigem Nachdenken hin-
„zu, noch muß ich erst das äußerste wagen, um
„seiner werth, und seines Besitzes gewiß zu seyn:
„ich muß ihm alles entdecken, meinen ganzen Zu-
„stand offenbaren, und ihm alsdann überlassen,
„ob er mich behalten oder verstoßen will: und
„wäre sein Gefühl, mich zu verstoßen, fähig:
„so würde ich alsdann ganz mir selbst wieder
„angehören: ich würde in meiner Strafe mei-
„nen Trost finden, und alles erdulden, was das
„Schicksal mir auferlegen wollte".

Wie viele und wie große Tugenden
entwickeln sich in diesem Mädchen-
Herzen mit dem einzigen Keim der Liebe! alles-hingebende, alles aufopfernde Dankbarkeit, Heldenmuth, gehaltene Fassungsgabe,
unendlicher Zartsinn.

! Mit diesen Gesinnungen, diesen Hoffnungen,
erwartet sie Wilhelm, den geliebten Wilhelm:
Und ach! er kommt nicht! grade heute nicht!
und kommt nimmer. Und die arme, die Un=
glückliche, bringt diesen Abend und diese Nacht,
bringt jeden Abend und jede Nacht bis in ihren
Tod, allein, einsam, verlassen und — ohne
Wilhelm zu. O des grausamen Geschicks! wel=
ches die Liebenden trennt, und diese Treue un=
belohnt lässet.

Wilhelm kommt nicht: und Mariane stirbt!
stirbt mit einem Liebespfande von dem geliebten
und unverschuldet=treulosen Wilhelm im Schooß.
Und alles, was uns von einer so schönen, so
zarten, so einzig=weiblichen Seele übrig
bleibt, sind einige Zettelchen aus ihrer Brief=
tasche, die eine Barbara aufbewahrt.

Jedes dieser Briefchen ist wie ein schwe=
rer Seufzer aus der Tiefe des Her=
zens, im blutigen Todeskampf her=
aufgestöhnt: in den sechsen, welche uns der
Dichter S. 171. aus dem eröffneten Kästgen
mittheilt, herrscht eine immer steigende, immer
schwellende Angst schmachtender, zweifelnder, za=
gender, hoffnungsloser, hinsinkender, sterbender
Liebe: und in jedem einzelnen Briefe herrscht
ein wunderbares Steigen und Sinken, Sinken
und Steigen aller genannten Leidenschaften. Der

letzte ist das Höchste des immerschwellenden
Pathos! das ganze Todesröcheln einer
Mariane, des besten, treusten und unglücklichsten Mädchens, schauert in demselben durch
die zerrissene Seele des Lesers hin:

„Du willst mich nicht hören? so muß ich
„denn jetzt wohl verstummen, aber diese Blät-
„ter sollen nicht untergehen: vielleicht können
„sie noch zu dir sprechen, wenn das Leichentuch
„schon meine Lippe bedeckt, und wenn die Stim-
„me deiner Reue nicht mehr mein Ohr errei-
„chen kann. Durch mein trauriges Leben bis
„an den letzten Augenblick wird das mein ein-
„ziger Trost seyn: daß ich ohne Schuld gegen
„dich war, wenn ich mich auch nicht unschul-
„dig nennen durfte.“

Edle, fromme Dulderin! wie lange schriebst
du an diesen wenigen Zeilen? wie oft wardst
du von Schluchzen und Seufzen unterbrochen?
wie oft zerflossen Thränen in das, leider! See-
lenlose Naß der Feder? Wie oft legtest du die
Feder beyseite, um dein gram-bezeichnetes, schönes Angesicht in das nasse Thränentuch zu verhül-
len? Nicht mit Dinte, sondern mit Blut geschrieben, las ich die Worte: „durch mein trau-
„riges Leben“. Ja wohl trauriges Leben!! ein
Leben mit diesem Herzen, und in diesem
Stande; ein Leben einst mit Wilhelm, und nun

ohne Wilhelm; ohne ihn — auf immer ohne ihn, auf immer. Ja wohl ein trauriges Leben!! Mariane! Mariane! wer um dich nicht weint, der hat keine Thränen.

Ich werfe die Feder aus der Hand, um die meinigen auf dem Papier erst eintrocknen zu lassen, ehe ich weiter schreiben kann.

Jüngling! Jüngling! lies Marianens Briefe und gehe hin, und verführe Mädchen.

Enthielte Dichter Göthens poetische Brieftasche nichts weiter, als diese sechs Briefe Marianens, so würden wir Göthen noch als einen großen Dichter verehren müssen.

* * *

Der Charakter weiblicher Empfindsamkeit, der sich bey diesem Geschlecht insbesondere in der Liebe äußert, ist entweder sanftrührend, oder heftigpathetisch. Den erstern schilderte uns der Dichter in Marianen: den andern stellt er uns an der Lydie dar.

„Er hatte kaum ausgesprochen, als die Thür „mit Heftigkeit sich aufriß, ein junges Frauen„zimmer hereinstürzt, und den alten Bedien„ten, der sich ihr in den Weg stellte, zurück„stieß. Sie eilte gerade auf den Abbe zu, und „konnte, indem sie ihn beym Arm faßte, vor „Weinen und Schluchzen kaum die wenigen „Worte hervorbringen: Wo ist er? wo habt ihr

„ihn? es ist eine entsetzliche Verrätherey!‘ gesteht
„nur! ich weis, was vorgeht! ich will ihm nach!
„ich will wissen, wo er ist.“

So führet Göthe die Lydie bey dem Leser
ein: und dieses heftige, ungestüme in ihrem Benehmen gegen Lothario, den sie liebt, dieses
kurze, abgebrochene, in ihrer Art, sich auszudrücken, diese Wuth der Leidenschaft,
möcht' ich fast sagen, charakterisirt sie durchgängig. Zu einer angebornen Heftigkeit der Denk-
und Empfindungsweise gesellte sich bey ihr noch
der Umgang von Theresens leichtsinniger Mutter, in welchem ihr, wie die immer treffend
charakterisirende Therese sich ausdrückt, Leidenschaft Bedürfnis ward.

Ihren geliebten Lothario „quält sie mit stür-
mischer Sorgfalt, unbezwinglicher Angst, und
nie versiegenden Thränen.“ Ein Ungestüm von
Verliebtheit, der einem so kalten, ausgeprobten
Weiber-kenner, als Lothario war, unmöglich
behagen konnte; und am allerwenigsten behagen
konnte, nachdem er eine Therese geliebt, und
von dieser, fast möcht' ich sagen nur aus einer
gewissen Herzens-Langenweile, zu Lydien
überging; zu Lydien, deren Ungestüm durch
den Kontrast mit Theresens weiser Haltung seine Besonnenheit nur um so viel
mehr abstoßen mußte.

Uebermächtige, und doch unbefriedigte Leidenschaft hat für uns immer etwas schauerlich-rührendes. Wer weint
der unglücklichen Lydie nicht einige Thränen
nach, wenn Wilhelm sie, durch eine Art von
wohlthätiger Verrätherey, dem Anblick und Umgange ihres Lothario entreißt? Wer fühlt nicht
etwas ähnliches von Hektors

δακρυοεν γελασσα

(lächelndes Weinen) beym Homer, wenn Lydie,
ehe sie in den Wagen steigt, der sie auf lange
Zeit von Lothario entfernen soll, zu dem Die-
ner sagt: „Grüßet euren Herren nochmals: vor
Abends bin ich wieder zurück“. Wer schilt nicht
Verräther die Anstifter dieser ihrer menschen-
feindlichen Entführung, wenn Kutscher und Wilhelm sie so vorsetzlich irre fahren?

Wer kann wahrer und treffender von einem
Leiden sprechen, als der, den es drückt? Die
alles unterjochende Heftigkeit ihrer Liebe zu Lothario schildert Lydie in folgenden Worten, die
die Leidenschaft mit eignem Munde ausspricht:

„Ach! wie viele tausend Thränen und
„Schmerzen hat mich diese Liebe schon gekostet:
„erst sahen wir uns nur zuweilen am dritten
„Orte verstohlen: aber lange konnt' ich das Le-
„ben nicht ertragen: nur in seiner Gegenwart
„war ich glücklich, ganz glücklich! ferne von

„ihm hatte ich kein trocknes Auge, keinen ruhi»
»gen Pulsschlag."

Der schönste Commentar in Prose zu der be»
kannten Ode der griechischen Dichterin Sap»
pho an Phaon!

* * *

So wie wir alle unsre Leidenschaften mehr
oder weniger mit Vernunft und Willkühr ver»
setzen können, so daß wir uns sehr bedeutungs»
voll der Ausdrücke bedienen mögen: reflectir»
ter Haß, reflectirte Liebe, reflectirte
Rache: eben so giebts auch noch eine dritte
Gattung von weiblicher Empfindsamkeit,
die ich „die reflectirte" nennen möchte: die»
jenige nämlich, die mehr in dem Geist, als in
dem Herzen, mehr in der regen Einbildungs»
kraft, als in dem Temperament eines Frauen»
zimmers ihren Grund und Sitz hat. Grade des»
wegen aber sind auch die Wirkungen einer sol»
chen reflectirten Empfindsamkeit ihren Ursachen
gleich: reflectirte Empfindsamkeit und Liebe wür»
ken mehr auf den Verstand, als auf das Herz;
erschüttern mehr die Einbildungskraft, als sie
uns sanft rühren: wenn gleich ein hoher Grad
derselben, wie in seinen Ursachen, so auch in
seinen Wirkungen, mit jener natürlichen Wei»
ber»empfindsamkeit, die uns für Marianen, für

Indien so einzig interessirt, viel Aehnlichkeit
hat, und, kaum noch dem mikroskopischen Auge
des Analytikers bemerkbar, mit dieser zusam-
menfließt.

Diese Gattung reflectirter Empfindsamkeit
trifft man gewöhnlich bey geistreichen und, was
wohl zu merken, mit Reizen der Sinnlichkeit
kärglich ausgestatteten Weibern an, wie uns
der Dichter in Aurelien schildert. Bei den
Weibern, denen ein vorzügliches Maas sinnlicher Reize zu Theil ward, wird jene natürliche Weiberempfindsamkeit durch frühe und
unaufhörliche Männerschmeichelen, schon so
frühe geweckt, und so vollkommen ausgebildet, daß hier — möchte man sagen — Natur und Temperament jeder Reflexion zuvorkommen. Weiber der ersten Gattung dagegen, eben wegen ihrer geringen Annehmlichkeiten von den Männern weniger gesucht und
umflattert, bleiben sich selbst überlassen,
und erlangen daher auch gewöhnlich einen höhern Grad geistiger Bildung, als die von
der zweyten: indem sie durch Verstand und
Geistesbildung den Mangel sinnlicher Reize
ersetzen wollen: ein Ersatz, der leider! für
den größten Theil der Männer den Mangel
nicht aufwiegt. Wegen des höhern Schwunges der Einbildungskraft also, den sie in dieser

mehr männlichen als weiblichen Zurückgezogen=
heit annehmen, hat auch ihre Liebe, wenn nur
ein Gegenstand sich darstellt, immer mehr von
Eitelkeit als von Wollustgefühl, mehr
von eingebildeten Ansprüchen, als von
wirklichem Verlangen.

Und grade so hat uns Göthe Aurelien ge=
geschildert: mit diesem Schwunge der Einbil=
dungskraft, mit dieser Gattung von Liebe, hat er
sie uns dargestellt.

Wenn es in der Biographie eines Weibes
allemal eine höchst wichtige Frage ist, was der
englische Dichter Pope (vielleicht nur im
Scherz?) als die einzige Frage bei einer Frau
angiebt: ob sie hübsch ist? so fragen wir
billig: war Aurelie hübsch?

Aurelie spricht zu Wilhelm von Männern
jedes Standes, die sie zu ihren Füßen gesehen,
ohne doch einen einzigen als einen besondern
Gegenstand ihrer Liebe auszuzeichnen: im Ge=
gentheil versichert sie so gar, daß es ihr geschie=
nen, „als wenn die teutsche Nation sich in al=
len diesen ihren Verehrern als durch ihre Ab=
gesandten, hätte prostituiren wollen.“

Hätte sie, bey allem weiblichen Zartsinn, bey
aller Anstandsliebe, so gesprochen, wenn sie un=
ter ihren Verehrern einen einzigen Wilhelm, ei=
nen einzigen wahren Liebhaber gefunden=

hätte? Aurelie hatte Geist! sie sprach gut! sie beherrschte durch Witz und Wendungsgabe ihren Cirkel! sie fand unter Männern ihre Verehrer.

Aurelie fand unter allen ihren Verehrern keinen Liebhaber.

Aurelie war also nicht hübsch: denn jedes hübsche Weib hat an allen ihren Verehrern, oder wenigstens an einigen derselben, Liebhaber.

Auch nennt der Dichter Aureliens Physiognomie nur geistreich.

Jeder Ausdruck, oder wenigstens jeder hervorspringende Ausdruck von Geist in einem Gesicht, biegt immer etwas gleichsam von der Schönheitslinie ab. Denn Geist ist Bedeutsamkeit, Energie, Kraft, Eigenschaften, die durch ihren Contrast mit dem glatten, flachen, nicht hervorspringenden, als den Ur-elementen des gefälligen und des schönen, sehr leicht dem Eindruck desselben Abbruch thun können. Allerdings gehört zum Ideal menschlicher Schönheit auch ein gewisser Ausdruck von Geist. Denn Denkkraft ist doch ein zu wesentlicher Theil unsers Selbst.

Und hier pflege ich zu sagen: ein schöner weiblicher Kopf muß glückliche Anlage zum Denken; ein schöner Mannskopf

aber Geübtheit und Fertigkeit im Den#
ken ankündigen.

Noch fand ich kein Gesicht eines großen und
geübten Denkers, keinen Newtons# und keinen
Aristoteles#Kopf, im strengsten Wortsinne, schön!
Noch weniger schön aber fand ich einen weibli#
chen Kopf, der mich mit dem Ausdruck her#
vorstechender Geistes#Kraft ansprach.
Aurelie also, nicht häßlich, aber auch nicht
hübsch, nicht unangenehm, aber auch nicht
fesselnd, zog mehr durch einen ihrem Geschlecht
ungewöhnlichen Geist die Männer an, als durch
sinnliche Reize: und entbehrte höchst wahrschein#
lich, was so manches geistreiche Weib entbehrt,
jenes unerklärbare je ne sais quoi ihres Ge#
schlechts, wodurch die Philinen auch ohne be#
sondern Geist, gefallen, und mehr als gefallen,
wodurch sie unwiderstehlich sind.

Und eben auf den Mangel dieses je ne sais
quoi weiblicher Gabe zu gefallen, deutet Lo#
thario's sinnvoller Ausdruck von Aurelien hin:
„Es ist doch ein Unglück, wenn Weiber nicht
liebenswürdig sind, indem sie lieben".

Dies „liebenswürdig lieben" sagten wir schon
oben, ist ächtes Weibergenie: dies hatte, sagten
wir eben dort, Mariane, als eine holde Spende
der Mutter Natur: und dies konnte Aurelien

keine Kunst, kein Geist, kein Theater, und kein
tiefes Studium des Schönen geben.

Scharfsinnige Weiberkenner haben angemerkt,
daß häsliche Weiber, wenn sie einmal lieben, heftig lieben. Der Grund davon ist kein
anderer, als daß die lange vergebens genährte,
ungeschmeichelte Leidenschaft, wenn ihr nur endlich ein Gegenstand aufstößt, sich mit gesamm-
leter Macht auf diesen wirft. So auch Aurelie, die immer verehrte, oft geschmeichelte,
und nimmer geliebte Aurelie.

Endlich findet sich zu ihr ein Lothario, ausgestattet mit allem, was Natur, Kunst und Erfahrung, wie in eine Form, zusammenlegen können, um einen Günstling der Weiber zu bilden.

„Er begegnet ihr mit einem gelassenen An-
„stande, mit einer offenen Gutmüthigkeit, spricht
„über sie selbst, ihre Lage, ihr Spiel, wie ein
„alter Bekannter, so theilnehmend, und so
„deutlich, daß sie sich zum erstenmal freut, ihre
„Existenz in einem andern Wesen so klar wieder
„zu erkennen. Er zeigt keine Härte, und sein
„Muthwille ist gefällig: er scheint des guten
„Glücks bey Frauen gewohnt zu seyn: das macht
„sie aufmerksam; er ist keinesweges schmeichelnd
„und andringend; das macht sie sorglos.“

Einen solchen Gegenstand ergreift Aureliens
Liebe mit aller Heftigkeit langer Zurückhaltung,

mit allem Feuer einer regen Einbildungskraft, mit allen Ansprüchen einer immer-geschmeichel-ten Eitelkeit. Und — sie täuscht sich, täuscht sich schrecklich! Lothario liebt sie nicht!

Eine so verliebte, und so getäuschte Aurelie — wie wahr läßt sie der Dichter sprechen: „O wär' ich verführt, überrascht, und dann verlassen: dann würde in der Verzweiflung noch Trost seyn: aber ich bin weit schlimmer dran; ich habe mich selbst hintergangen, mich selbst wider Wissen betrogen; das ist's, was ich mir nie verzeihen kann".

„O wär ich verführt, überrascht, und dann verlassen!" Man hat gelächelt und gelacht über den Wunsch der Dido, den Virgil sie mitten in der Verzweiflung, mitten unter den schau-derhaftesten Verwünschungen des geliebten Ae-neas, aussprechen läßt:

saltem mihi paruulus aula

luderet Aeneas.   Aeneid. Lib. IV.

Hier hören wir aus Aureliens Munde einen ähnlichen Seufzer! aber Virgil und Göthe ken-nen die Natur besser, als unsre so genannten Weiber-männer: selbst die Bosheit eines Love-lace findet in ihrem Herzen einen gewaltigen Fürsprecher. „Aber ich bin weit schlimmer dar-an: ich habe mich selbst hintergangen; mich, selbst wider Wissen betrogen: das ist's, was ich

mir nie verzeihen kann." Wer sieht nicht, daß,
wie ich oben schon sagte, Aureliens Liebe mehr
Eitelkeit, als Verlangen, als Wollustgefühl ist.
Ein Mann von so feinem, so gebildetem Geist,
von so ausgeprobter Erfahrung; ein Mann, der
den hohen Grad intellectueller Bildung und die
bewundernswürdige Feinheit ihres Kunstsinns
ganz durchschauen, und nach seinem wahren
Gehalt schätzen kann; ein Mann, der es überzeugt seyn mußte, daß Aurelie unter tausenden ihres Geschlechts einzig war! ein Lothario! — lernt Aurelie kennen, so nahe kennen?
begegnet ihr als ein Liebender: und liebt sie
nicht! Welche Kränkung des Stolzes einer geistreichen, der Eitelkeit einer verliebten Frau!

Eben darin liegt es, daß Aureliens unglückliche Liebe, ohngeachtet ihrer furchtbaren Aeußerungen, z. B. in der Geschichte mit dem Dolch,
so gar nichts eigentlich-rührendes für uns hat.
Das gute Weib! sagen wir höchstens mit einem
Achselzucken. Sie war stolz genug, zu glauben,
ein Lothario müsse sich in sie verlieben: einfältig genug, ihn würklich in sie verliebt zu
wähnen: und unglücklich genug, sich darin zu
täuschen. Ihre Rolle Opheliens hat unleugbar etwas schauderhaftes: aber nicht mehr und
nicht weniger, als jede bis zum Wahnsinn über-
spannte Leidenschaft: wir schaudern; wir fahren
auf;

auf; aber wir vergießen keine Thränen. In ei‐
nem bis zum Pathos steigenden Grade wandelt
uns kalter Schauder bey der Scene 373 2. Bd.
an, wo sie bey Meisters Versicherungen von
Redlichkeit gegen Weiber plötzlich von dem Ge‐
danken an Lothario's Treulosigkeit ergriffen,
Wilhelmen in die Hand schneidet. Denn hier
spielt sie nicht; hier handelt sie.

Nachdenkende Geister, wenn sie zu gleicher
Zeit mit tiefem Gefühl und einer schwungvol‐
len Einbildungskraft begabt sind, sind selten ohne
Religion; und oft behagt ihnen grade die sinn‐
lichste Religion, oder wenigstens die sinnlichsten
Vorstellungen davon, am meisten. Ein Lavater,
ein Schlosser, ein Stollberg — welche feine
Geister! und wie sinnlich ihre Religionsbegriffe!
Religion ist, (was scholastische Philosophen nie
zugeben werden), mehr Gefühl als Gedanke,
mehr Einbildungskraft als Vernunft. Die Wor‐
te „Gott, Geist, Freyheit“ sind die kühnsten
aller Metaphern in dem ganzen Umfange
der Sprache. Lägen in der menschlichen Natur
nicht gewaltigere Triebe zur Religion, als die
armseligen Begriffe von Ursache und Wirkung:
gewis! die Menschen würden nie eine Religion
gehabt haben.

Durch den Zug von Religiosität vollendet
Göthe Aureliens Charakter: die Bekenntnisse ei‐

ner schönen Seele sind ihr Erbauungsbuch.
Wenn einmal ein Frauenzimmer religieuse seyn
soll,: so finde ich's der eigenthümlichen Denk-
und Empfindungsweise dieses Geschlechts viel
angemessener, sich an Lavaters Schriften als an
L**chens hochaufgeklärten und coket-hergesag-
ten Predigten zu erbauen.

Unsre geistlichen Rednerlein vom allerneusten
Gepräge aus der speculativen Halle werden mit
ihren Antinomien, ihrer praktischen Vernunft
und kategorischem Imperativ, nicht weit langen.

   ·   **·**   **·**

Sparsam, aber bedeutungsvoll sind die Züge,
die uns der Dichter von Madam Melina aufstellt — eins jener Weiber, die, nicht ohne
Geist, und nicht ohne Annehmlichkeiten, auf
beydes vereint, Ansprüche gründen, die sie
auf keines von beyden einzeln-genommen, gründen würden. Doch meinen sie durch Geist immer sicherer die Männer zu fesseln: welches je-
doch seltner der Fall ist, als sie wähnen. Den
Philinen werden sie immer weichen müssen. Sie
war (so nennt Göthe sie mit einem glücklich
neu-geprägten Ausdruck), „eine Anempfinderin!
sie wußte einem Freunde, um dessen Achtung es
ihr zu thun war, mit besonderer Aufmerksamkeit zu schmeicheln; in seine Ideen so tief als
möglich einzugehen. Sie verstand zu sprechen

und zu schweigen; und ob sie gleich kein tücki-
sches Gemüth hatte, mit großer Vorsicht aufzu-
passen, wo des andern schwache Seite seyn
möchte". Auch der letzte Zug ist sehr bedeutend.
Eben deswegen, weil Weiber dieser Gattung
ihres Zwecks so oft verfehlen, und sich die Philinen von uns Männern vorgezogen sehen, nehmen sie eine gewisse launenhafte Bitterkeit an,
die, besonders in Urtheilen über ihr eigenes
Geschlecht und in Gegenständen des Geschlechts-
verhältnisses, dem kalten Beobachter oft an Tücke
zu gränzen scheint.

Unverkennbar ist ihre verliebte Anhänglichkeit an Wilhelmen. Aber Philine durch ihre,
fast möcht ich sagen, Philinität, und Aurelie durch ihren höhern Geistesschwung, entziehen
ihrem fein-gesponnenen Netzchen Wilhelms Herz.

Doch lesen wir's nicht ganz ohne Theilnehmung, wenn sie, indem der zur Truppe zurück-
kehrende Wilhelm sagt, daß ein Mensch sich
nicht für entbehrlich genug in der Welt halten
könne, nicht ohne Feinheit versetzt: „Und die
Leiden unsrer Freunde bringen wir nicht in An-
schlag"! Weiber von Madame Melina's Art
zu seyn, behagen uns Männern, ohne uns
behaglich zu seyn.

M 2

. . .

Barbara ſey in unſerer Darſtellung der
Weiber-charaktere der letzte, ſo wie er an Moralität der letzte iſt. Noth und Bedürfnis
ſind viel reichhaltigere Quellen des
Laſters, als gefährliche Leidenſchaften: und die Natur mag es ſelbſt verantworten,
ſo oft ſie die armen Menſchen in ſolche Lagen
hineinpreßt, daß ſie laſterhaft ſeyn müſſen. „Und hätteſt du, fuhr Wilhelm auf, ſie
nicht retten können"? „O ja, verſetzte Barbara, mit Hunger und Noth, mit Kummer und
„Entbehrung: und darauf war ich niemals ein-
„gerichtet." Und wer unter uns philoſophiſch-
ſtrengen Beurtheilern iſt darauf eingerichtet?
Wahrlich! ſelten kann ich ſein Werk voll ſtreng-
moraliſcher Maximen leſen, ohne daß mir der
Gedanke ein Lächeln abnöthiget: „Die Herren
Gelehrten machen die Moral: aber der gemeine Mann braucht ſie: jene ſpinnen aus ihrem
Gehirn eine Caſuiſtik zuſammen: aber dieſem
dringen ſie traurige Schickſalslagen auf: wir
denken; er handelt. Wozu dergleichen Betrachtungen?

    No quicquam humani a vobis alienum
              putetis *)

*) Einzig, um ernſtes Mitgefühl für das moraliſche
    Böſe an unſern Mitmenſchen einzuflößen, erinnere ich

„O ihr Herren, rufe ich hier mit Barbara's
„Worten, o ihr Herren, denen nichts abgeht,
„ihr habt gut von Wahrheit und Gradheit re-
„den; aber wie eine arme Kreatur, deren gering-
„stem Bedürfnis nichts entgegenkommt, die in
„ihren Verlegenheiten keinen Freund, keinen
„Rath, keine Hülfe sieht, wie die sich durch die
„selbstischen Menschen durchdrücken und im Stil-
„len darben muß, — dann würde mancher ja
„sagen, wenn ihr hören wolltet und könntet!"

Marianen hielten wir, nach dem ersten Bande, für ein sehr gewöhnliches Theater-Mädchen:
Barbara belegten wir, nach eben diesem Bande,
mit einem Namen, den jede edlere Feder auszudrücken verschmähen muß.

Beyde verklärt uns gleichsam der Dichter im vierten Bande: Mariane wird eine reine,
aber von der Bürde unwürdiger Verhältnisse
niedergedrückte Engelseele: Barbara, die ge-
fühl- und herzlose Barbara, hat Empfindung für
Unschuld und Tugend und Zartsinn und Unglück.
Zwar bleibt sie treu ihrer durch Noth und
Bedürfnis angenommenen Denkungsart. „Das
gute Geschöpf, sagt sie von Marianen, hatte gewisse gute Grundsätze, die ihr aber zu nichts
halfen."

dies: denn Strenge und Unerlaßlichkeit ist
und bleibt Urcharakter des Moralgesetzes.

„Ich stellte ihr vor, daß man ein Gewissen, so lang' es spricht, respectiren müsse".

Welche Gesinnungen! Aus jeder Zeile spricht ihr verhaßtes Gewerbe: wie wohl auch hier schon ein durch Noth zerdrücktes Gefühl sichtbar ist. Aber wenn sie nun Mariane, die schuld= lose, die reine, die unglückliche Mariane zum zweytenmal sterben sieht: dann ergreift „ein un= geheurer Schmerz" die durch tausend Scenen der Unempfindlichkeit Verhärtete: dann hebt sich ihr Geist wie aus dem Staube empor: dann ber= edelt sich Sprache und Ausdruck in einem Mun= de, der nur gemeine Töne zu bilden fähig zu seyn schien.

Wo hast du sie verborgen? frägt der geäng= stete Wilhelm Marianen. Komm! daß ich sie mit diesem Licht beleuchte! daß ich wieder ihr holdes Angesicht sehe."

„Ja, antwortet Barbara drauf, ja ich habe sie verborgen: aber unter der Erde: weder das Licht der Sonne, noch eine vertrauliche Kerze wird ihr holdes Angesicht jemals wieder erleuch= ten. Führen Sie den guten Felix an ihr Grab, und sagen Sie ihm: da liegt deine Mutter, die dein Vater ungehört verdammt hat. Das lie= be Herz schlägt nicht mehr vor Ungeduld, Sie zu sehen: nicht etwa in einer benachbarten Kam= mer wartet sie auf den Ausgang meiner Erzäh=

lung oder meines Mährchens: die dunkle Kammer hat sie aufgenommen, wohin kein Bräutigam folgt, woraus man keinem Geliebten entgegen geht.“

„Sie warf sich auf die Erde an einem Stuhle
nieder, und weinte bitterlich.“

Es ist, (was auf den ersten Anblick Widerspruch scheint) Witz der Natur, Witz des Gefühls, wenn hier die Alte Wilhelmen auf die
Frage: Wo hast du sie verborgen! Komm daß
ich sie mit diesem Licht beleuchte! daß ich wieder ihr holdes Angesicht sehe: zur Antwort gibt:
„Ja ich habe sie verborgen: aber unter die Erde:
„weder das Licht der Sonne, noch eine vertrau-
„liche Kerze wird jemals ihr holdes Angesicht
„wieder erleuchten.“

Das Gefühl heftet sich an den nächsten, als
den lebendigsten sinnlichen Eindruck, und knüpft
Worte und Ideen dran. Eben daher das Blu-
men- und Bilder-reiche der Sprache der Leidenschaft. Denn was ist jedes Gleichnis, jedes
Bild anders, als Spiel der Phantasie, als Witz?
Eben deswegen müssen uns auch Wendungen,
wie die, welche Diderot von jener Frau anführt,
die den Tod ihres Mannes auf dieselbe
Art witzig, wie hier Barbara Marianens, beklagte, weniger befremden. Diese Art

Witz ist, wie wir sehen, allgemeiner Charakter der Leidenschaft.

* * *

Meine Bemerkungen über die Weibercharaktere im Meister schließe ich mit einer feierlichen Danksagung an den Dichter für die bewundernswürdige Feinheit, mit welcher er die Eigenthümlichkeiten des andern Geschlechts bis in das besonderste einzelne, bis in alle ihre Höhen und Tiefen, auffaßt, und treu und rein darstellt.

Es ist über alles wichtig für das menschliche Geschlecht, auch die schönere Hälfte nach aller Mannigfaltigkeit ihrer originellen Züge kennen zu lernen. Ihr Einfluß in die Beglückung und Veredlung der Menschheit ist eben so unleugbar, als der Einfluß jedes Weibes in Zufriedenheit und Lebensgenuß ihres Mannes. Wenn wir in der Geschichte fast immer nur Männer auf dem Schauplatz erblicken: woher kömmt es, als — (man erinnere sich an die bekannte Fabel vom Löwen und Menschen) weil Männer Geschichte schreiben. Und auch so noch — wie oft spinnt sich der Faden, an welchem die Reihe großer und nicht selten der größten Begebenheiten in den ältesten und in den jüngsten Staaten aller vier Welttheile fortläuft, an Weiberhand.

. . . . . teterrima belli caus*a*

nennt Horaz schon in seinen Satyren, was der Anstand der Ode ihm zu nennen nicht gestattet haben würde. Demohngeachtet ist unter allen möglichen Gegenständen, an welchen menschliche Denk- und Beobachtungskraft sich geübt, keiner von den Dichtern, Philosophen und Schriftstellern so lange und so durchgängig schief, oder falsch, oder verkehrt angesehen worden, als — die Weiber.

Griechen und Römer widmeten den Weibern, aus bekannten Ursachen, sehr wenig Aufmerksamkeit: die besten und gerühmtesten ihrer Weiber-charaktere sind entweder Heldinnen, wie die Alcesten, die Didonen; oder Philosophinnen, wie Diotime, Leontium, Hipparchia; oder Hetären, wie Aspasia; oder ehrgeizige Mütter, wie Jokaste, Livia, Agrippina; oder verächtlich-unzüchtig, wie die Messalinen, Poppäen u. s. f.

In den mittlern Zeiten sind die Weiber entweder Nonnen, oder Ritterhausfrauen.

Von da bis auf die Epoche französischer Kultur erscheinen sie uns, in den Darstellungen der Dichter wenigstens, in den Darstellungen selbst eines Shakespear, entweder als Heldinnen, oder auch als sehr einfältig und ungebildet: ein Charakter, der auch den Weibern, in diesen der Entwickelung ihrer stillen Hütten-

tugenden und feineren Geistesblüthen] höchst un-
günstigen, stürmischen Zeiten wahrscheinlich fast
durchgängig eigen gewesen·ist.

Seit der Epoche französischer Kultur ward
Galanterie, ward gefallsüchtige Liebeley Haupt-
charakter der Weiber in den Darstellungen der
Dichter: der zärtliche Racine nnd nicht selten
auch Voltaire verschönern sie durch Wahrheit
und Innigkeit der Liebe. Die Philosophen, Tho-
mas und Rousseau allein, schienen ihren Blick zu
erweitern und auch in den Weibern das Natio-
nelle von dem allgemein-menschlichen, das um-
ständliche und zufällige von dem natürlichen,
immerdaurenden, sondern zu wollen.

Aber auch bey diesen Schriftstellern, auch
beym Rousseau noch, wie einseitig, wie französ-
sirt erscheint uns das Weib! Er ist, man muß
es gestehen, ein großer Weiberkenner. Aber er
kennt viel besser einzelne Leidenschaften derselben, und unter diesen ins besondere Liebe und
Eitelkeit; als ihren ursprünglichen Naturcharak-
ter. Den Adel ihrer Bestimmung, den Umkreis
ihrer Pflichten, hat kein Schriftsteller würdiger
und kräftiger dargestellt, und keiner richtiger
bezeichnet, als er. Rousseau'n verdanken unsre
Weiber sehr viel!

Aber mehr noch vielleicht dem Engelländer
Richardson und seinen Romanen. Diese Man-

nigfaltigkeit, diese Zartheit, diese Bestimmtheit, diese reine und wahre Natur, die er in seinen Weibercharakteren, angebracht, finden wir bis auf ihn bey keinem alten und keinem neuen Dichter oder Prosaisten. Und unter den tausend und tausend Romandichtern nach ihm — wer ist ihm hierin gleich? Unter den Teutschen gewis nur Göthe!

*   *   *

Die Ursachen der Schiefheit oder Flachheit, womit Weiber von den alten und neuen Schriftstellern beurtheilt worden, sind theils in der Eingeschränktheit und dem Druck zu suchen, unter welchem der größte Theil der Weiber in den ältern Zeiten durch asiatischen Männerstolz und Eifersucht, in den mittlern durch Aberglauben und Roheit gehalten wurde: theils in der Feinheit und Versecktheit ihrer moralischen und psychologischen Geschlechtseigenthümlichkeiten: theils darin, daß die Schriftsteller, welche Weiber zum Gegenstande ihrer Charakterdarstellungen oder ihrer philosophischen Beobachtungen machten, entweder genialische Wüstlinge, oder ins allgemeine spekulirende Denker, oder eingeschränkte Stubengelehrten, oder oberflächliche Weltmänner waren.

Nur freyer, anständiger Männer-Umgang ist der Spielraum, innerhalb welchem das Weib

alle Feinheiten ihrer Natur entwickelt. Kein
Mädchen, welches nur ihren geliebten Jüngling,
kein Weib, welches nur ihren Mann kennt, bildet sich vollkommen aus. Einseitig durch ihren
ganzen Wirkungskreis, werden sie's, durch einen
so eingeschränkten Männerumgang, bis zu dem
Grade, daß die bekannte Anekdote von der Antwort einer verheiratheten Frau auf den Vorwurf wegen des unlieblichen Othems ihres
Mannes, in dem eigentlichsten Sinne auf sie
anwendbar wird. Jene Schlauheit in Wendungen und Antworten auf die Neckereyen der
Männer; jene feinen Mittel-tinten in dem Benehmen gegen Gleichgültige, oder Eifersüchtige,
oder Verliebte; jene, uns Männern schlechter-
dings unbemerkbare Ablauschungen unserer Launen, Tücken und Schwächen; kurz — die ganze
weibliche Politik in der Leitung und
Beherrschung des männlichen Geschlechts, die allein jedem Weiber-charakter
bestimmten Umriß und Vollendung giebt, bleibt
ohne freyen, anständigen Männerumgang unent-
wickelt. Ursache genug, daß griechische und rö-
mische Schriftsteller, daß alle Schriftsteller bis
zur Epoche der französischen Cultur Europens,
deren wesentlicher Theil vielleicht auf dem
freyeren Umgange beyder Geschlechter beruht,

Weiber-charakter, Weiber-adel, Weiber-natur, höchst einseitig darstellen mußten.

Aber gesezt nun auch: beyde Geschlechter leben in der Freiheit miteinander, in welcher man in unsern Tagen lebt: so ist die Versteckt-heit, Leisheit und Zurückhaltung, zu welcher die Weiber durch den Zartsinn ihrer moralischen Organisazion von der Natur angeleitet, durch die Tücken und Zudringlichkeiten der Männer gereizt, durch Convenzion gezwungen werden, ein sehr schwüriges Hindernis, sie glücklich-ge-nau gleichsam ins Auge zu fassen.

Wir Männer sind für die Beobachtung dieser Weiber-feinheiten, die sich meistentheils nur in Alltäglichkeiten äußern, entweder zu unphiloso-phisch zerstreut; oder zu philosophisch stolz. Wer nicht eine gewisse Anzahl blühender Lebens-jahre in dem Umgange mit Weibern und zwar insbesondere von der gebildetern Gattung, ver-tändelt, und, um mit einem Künstler-Ausdruck zu reden, con amore vertändelt hat; der glau-be sich keinen Weiberkenner.

Nur die Lothario's, nicht die Wilhelm Meister, und wären die leztern noch so feine und scharfsinnige Psychologen, und wären sie noch so frühe und noch so glücklich in die Ge-heimnisse reiner, ächter Liebe eingeweiht, ur-

theilen richtig und ohne Einseitigkeit von Wei=
ber=Natur und Weiber=charakter.

Aber auch den Lothario's, so lange sie nicht
eigentlich verheirathet sind, ich will sagen, so
lange sie nicht Ehe=männer und zärtliche Väter
von Kindern sind, fehlt immer noch ein wesent=
liches Complement zur Weiber=Kenntnis: immer
werden sie mehr den leichtern, als den ernstern
und edlern Theil der Weiber=Natur schätzen
können. Der letztere entwickelt sich nur in ehe=
lichen und elterlichen Verhältnissen.

So wie es von der Menschenkenntnis der
Weltmänner überhaupt gilt, was Rousseau sagt:
ils voient trop, pour reflechir; und von der
Menschenkenntnis der Stubengelehrten: ils re=
flechissent trop, pour voir: so ist dies tiefsin=
nige Wort des großen Psychologen auch insbe=
sondere auf die Weiberkenntniß beyder Classen
von Beobachtern anwendbar.

Der Weltmann beobachtet flach, weil er zu
viel sieht; der Gelehrte beobachtet flach; weil
er zu viel denkt. In jedem Falle aber sind
die anthropologischen Beobachtungen des Welt=
manns und eben so auch die über die Weiber,
richtiger, als die Beobachtungen des Gelehrten:
weil jener aus der Anschauung, dieser aus all=
gemeinen Schlüssen urtheilt. Und hinter Bücher=
schränken und Schreibepulten suchen uns die Wei=

ber am allerwenigſten auf: ſie ſind, könnte man
ſagen, nur da, um uns aus beyden hervor, und
mitten in die Welt hineinzutreiben. Das einzige
Kind, das mir der Himmel gab — nie ſoll ſie
einen Gelehrten, und am allerwenigſten einen
Schriftſteller von Metier heirathen. Der größte
Theil dieſer Leute iſt für ihre Weiber geiſtig-
caſtrirt.

Wen kann es wundern, wenn ein ſcharfſin-
niger, aber verwachſener, kränklicher, und an
ſeinen Reimſeſſel ewig-angefeſſelter Pope keine
beſſere Satyre über die Weiber ſchrieb, als er
nun geſchrieben hat? Wen kann es wundern,
wenn er, ganz à la philoſophe, entſcheidet:
„Wer Ein Weib kennt, kennt ſie alle“ Wohl
wahr! Das grade iſt das Maas von Weiberkenntnis, welches alle die Herren Gelehrten
erlangen, die von ihrem Pult aus durchs Fenſter
Weiber über die Straße gehen ſehen.

Genialiſche Wüſtlinge endlich, wie ſie da unter
den Dichtern und Dramatikern ſo häufig waren,
und die uns Weiber darſtellen wollen, können eben
ſo wenig auf Weiberkenntnis Anſpruch machen.
Sie kennen nur die unedlere, höchſtens die
ſinnlich-liebenswürdige Natur der
Weiber, nicht die edlere, die moraliſche.

Gleich-ungeſchickte Beurtheiler der andern
Hälfte unſeres Geſchlechts ſind unglückliche Lieb-

haber; und eiferſüchtige oder geplagte Ehemän-
ner. Sie urtheilen über Natur und Charakter
der Weiber eben ſo unrichtig und aus denſelben
Gründen unrichtig, als unglückliche Menſchen
oder verdrehte Geiſter über Werth und Gehalt des
menſchlichen Lebens.

* * *

Gleich einem unbedachtſamen Verſchwender
hab' ich, wie ich mit Erſtaunen wahrnehme,
mir dasjenige vorweggegriffen, was ich mir wei-
ſer aufgeſparet hätte: die Süßigkeit der Betrach-
tung hat ſich meines Geiſtes ſo ganz bemächti-
get, daß ich darüber meines Verſprechens an den
Herrn Verleger vergeſſen, dem ich aus eigener
bedächtlicher Rückſicht auf die Calloſität ger-
maniſchen Phlegma's, welchem die ſchaal-
ſten Märchen-Romane mehr behagen, als äſthe-
tiſch-moraliſche Verſuche, nicht mehr als vier-
zehn Bogen zu liefern verſprochen hatte.

Wie gern hätte ich den vier Bändchen des
Göthiſchen Romans Ein Bändchen kritiſcher
Beobachtungen angeſchloſſen, die ich ſtolz genug
geweſen wären, mit „Waxtons Essay on the
Genius of Pope" wetteifern zu laſſen. Aber —

habent et sua fata libelli. Juv.

Das wenigſtens thut mir nicht leid, daß
meine bisherige Raumverſchwendung den zärte-

ſten

ften und schätzbarsten Theil von Meisters Lehrjahren, nämlich die Weiber-charaktere getroffen. Um so viel kürzer aber muß ich mich jetzt
bey der Darstellung oder vielmehr Skizzirung
der noch übrigen Männercharaktere fassen.

Unter diesen stechen der Harfner, Lothario, Jarno, der Abbe, Werner, Serlo
und Laertes insbesondre hervor.

Der Harfner mag sehr schicklich als ein Ge-
genstück des Oedipus der Griechen angesehen
werden. Jeder Kenner weis, daß das Sophoklei-
sche Trauerspiel dieses Namens von dem ganzen Alterthum zu den vollendetsten Meisterstü-
ken der hellenischen Melpomene gezält wird.
Aber wenn der große Stagyrite in seiner uns
leider sehr verstümmelt überlieferten Poetik, oder
auch Longin in seiner uns eben so unvollständig
zugekommenen Schrift: „von dem Erhabenen": über den Charakter des Sophokleischen
Oedipus commentirt hätten: so würde der alte
Philosoph nicht mehr Scharfsinn und Beobachtungsgeist, der jüngere Kritiker nicht mehr
Schwung der Darstellung, in ihren Commentar gebracht haben, als in folgender Charakteristik des Harfners herrscht. 4r. Bd. 41 — 44.

„Blos in sich gekehrt, betrachtete er sein hoh-
les, leeres Ich, das ihm als ein unermeßlicher
Abgrund erschien. Wie rührend war es, wenn

N

er von diesem traurigen Zustande sprach! ich sehe nichts vor mir, nichts hinter mir, rief er
aus, als eine unendliche Nacht, in der ich mich
in der schrecklichsten Einsamkeit befinde: Kein
Gefühl bleibt mir, als das Gefühl einer Schuld,
die doch auch nur wie ein entferntes unförmli-
ches Gespenst sich rückwärts sehen läßt. Doch
da ist keine Höhe, keine Tiefe, kein Vor oder
Zurück. Kein Wort drückt diesen immer gleichen Zustand aus: manchmal ruf ich in der Noth
dieser Gleichgültigkeit: Ewig! ewig! mit Heftigkeit aus, und dieses seltsame, und unbegreifliche
Wort ist hell und klar gegen die Finsternis meines Zustandes. Kein Strahl einer Gottheit erscheint mir in dieser Nacht: ich weine meine
Thränen alle mir selbst und um mich selbst.
Nichts ist mir grausamer, als Freundschaft und
Liebe: denn sie allein locken mir den Wunsch ab,
daß die Erscheinungen, die mich umgeben, wirklich seyn möchten. Aber auch diese beiden Ge-
spenster sind nur aus dem Abgrunde gestiegen,
um mich zu ängstigen, und um mir jetzt auch
das theure Bewußtseyn dieses ungeheuren Daseyns zu rauben“.

Der Zusatz „von Freundschaft und Liebe“ erhebt das ganze bis zum Entsetzlichen. Die
Rede eben dieses Unglücklichen über die Recht-
mäßigkeit seiner Liebe S. 436 — 439 erinnert an

die Reden, welche die Geschichtschreiber der
Alten ihren handelnden Personen in den Mund
legen. Kurz, abgebrochen, voll starken Gefühls,
und weniger, aber kühner und treffender Metaphern, hat sie, bey aller Verschiedenheit des
Inhalts, ganz den Charakter einer Rede des
Hannibal, so wie sie ihn da Livius halten läßt.

Ohngeachtet alles Schauerlichen aber, womit Göthische Erfindungskraft den Charakter
des Harfners zu umgeben gewußt, muß ich doch
gestehen, daß mich dieses Charaktergemählde
nicht so tief erschüttert hat, als ich's, wenn ich
so sagen darf, von meiner Empfindung erwartet hatte.

Die Ursache davon? scheint mir keine andere
zu seyn als diese: daß sich in die Schauer, welche uns einzelne Züge dieser Darstellung ein-
prägen, eine Art von Aerger und Unwillen
darüber miteinmischt, daß alle diese Schrecken
des Gewissens, alle diese Marter, am Ende doch
nur das Produkt herrschender Convenzion und Meinung sind: ein Gefühl, welches
den Eindruck des Schrecklichen auch schon in
dem Charakter des Sophokleischen Oedipus
schwächt: obgleich das schreckliche hier noch durch
einen Mord erhöhet wird; so wie auch der
Glaube an das Fatum und an eine alles
unterjochende Nothwendigkeit in den menschlichen

Dingen, der gleichſam die Grundfarbe des grie-
chiſchen Charaktergemåhldes ausmacht, allerdings etwas von bloßer Convenzion und
Meinung hat, aber doch offenbar viel tiefer
in der menſchlichen Natur wurzelt.

* * *

Lothario. „Einem Manne, der die Welt
kennt, der weiß, was er darin zu thun, was
er von ihr zu hoffen hat, was kann ihm er-
wünſchter ſeyn, als eine Gattin zu finden u. ſ. w.
ſagt Lothario S. 129 3r Bd. und ſchildert mit
dieſen einfachen Worten ſehr glücklich ſich ſelbſt
und ſeinen ſo äußerſt feinen, durch Vernunft
und Erfahrung ausgearbeiteten Weltmanns-
charakter.

Denn ein vollendeter, aber zugleich ver-
delter Weltmann iſt Lothario. Göthe läßt
ihn nirgend auftreten, nirgend einen Blick
werfen, nirgend den Mund aufthun, ohne daß
wir nicht ausrufen: „der Mann kennet die Welt;
weiß was er darin zu thun, was er von ihr zu
hoffen hat.‟

Wer z. B. bricht nicht in dieſe Worte aus,
wenn Aurelie, die kalt-geiſtreiche Aurelie, die
den Lothario in ſich verliebt glaubte, von ihm
erzählt! „Er begegnete mir mit einem gelaſſenen
Anſtande, mit einer offenen Gutmüthigkeit,

sprach über mich selbst, meine Lage, mein Spiel,
wie ein alter Bekannter, so theilnehmend, und
so deutlich, daß ich mich zum erstenmal freuen
konnte, meine Existenz in einem andern Wesen
so klar wieder zu erkennen. Seine Urtheile waren richtig, ohne absprechend, treffend, ohne
lieblos zu seyn. Er zeigte keine Härte, und
sein Muthwille war zugleich gefällig. Er schien
des guten Glücks bey Frauen gewohnt zu seyn:
Das machte mich aufmerksam; er war eineswe-
ges schmeichelnd und andringend; das machte
mich sorglos."

Sehet da den Weltmann! den vollkommenen
Weltmann!

Diese glatte Abgeschliffenheit, diese bestimmte
Unbestimmtheit, diese eigenthümliche Uneigen-
thümlichkeit, diese Gewandheit, b e s o n d e r e
Absichten durch a l l g e m e i n e Mittel zu verstecken und zu erreichen; diese Schlauheit, unbe-
merkbar, und ohne daß man uns deswegen
gleichsam zur Rede stellen darf, das Wort durch
die That zu widerlegen, so wie eine verdächtige
That mit Anstand zu verschleyern; diese geheftet-
te Einseitigkeit für jeden Gegenstand menschlicher Verhältnisse, die nur die Folge der ausge-
breitetsten V i e l s e i t i g k e i t ist: dieses Interesse
für alles, was irgend interessant ist, und diese
Intereßlosigkeit für das interessante, wovon man

interessirt wird, ich will sagen, dieses Vermö-
gen der Selbstbeherrschung, oder besser Selbst-
Beachtung, von den Dingen nie bis zur lei-
denschaftlichen Anhänglichkeit gerührt zu werden; und, um den bedeutungsvollen Ausdruck eines alten Philosophen zu brauchen, zu haben
ohne gehabt zu werden (ἔχω, οὐκ ἔχομαι
pflegte Hofmann Aristipp zu sagen); seine Neigung zu befriedigen, und über die Neigung erhaben zu scheinen oder auch es wirklich zu seyn —
was sind es anders, als eben so viel Charakter-
züge des vollendeten Weltmanns.

Ich pflege zu sagen: der Weltmann ist gerade
so ein Nachdruck des Weisen, als die Höflich-
keit ein Nachdruck der ächten Humanität und
Tugend ist. Hab ich Recht?

Eben darum mußt' es auch Dichter Göthen
leicht seyn, diesen Charakter bis zur wahren Lebensweisheit zu veredeln, wie er ihn auch so
glücklich veredelt hat.

Wohin unter so vielen andern Zügen sein
Wunsch und Bestreben, gemeinnützig zu seyn und
die möglich-größte Summe des guten. in der
Welt hervorzubringen, seine der richtigsten An-
sicht und der edelsten Weiber-Natur entsprechen-
den Urtheile über Menschen-Leben und Men-
schen-Bestimmung, über Weiber-charakter und
weiblichen Wirkungskreis u. s. w. gehören.

Das was er S. 60,92. 4r Bd über den letztern
Gegenstand sagt, ist, nach den tausend und
ein Büchern, mit welchen wir darüber, seit einem Jahrzehend insbesondere, behelliget worden, so neu gesagt, und doch so einzig-wahr
und edel gedacht und empfunden, daß ich diese
Stelle zu den vorzüglichsten unter den vielen rech-
ne, um derentwillen ich wünschte, daß „Wil-
„helm Meisters Lehrjahre" ein Handbuch *)
der gebildetern Menschheit würde.

Eins nur noch. Ein fast wesentlicher
Zug in dem Charakter des Weltmanns, wie wir
ihn da in der Erfahrung gewöhnlich antreffen,
ist das Liebeln und verliebte Tändeln mit
Weibern; und diesen Zug hat Göthe, der Natur gemäs, auch dem Lothario geliehen.

Ist es blos geistige Idiosynkrasie bey
mir? oder ist es allgemeines Naturgefühl? daß
mich jede Schilderung von Sopha-scenen, jede
auch nur stärkere Hindeutung darauf, allemal zu-
rückstößt. Doch, wie könnte ich zweifeln, ob
dies reines Naturgefühl sey? Gehört es nicht
wesentlich zum edleren Gesellschaftston, Scenen
dieser Art nie zu berühren? Warum ahmen
denn unsre Schriftsteller diesen Ton nicht nach?

*) Der große Stoiker, Epiktet, nannte seine berühmte
Anweisung zur ächten Lebensweisheit Εγχειριδιον,
Handbuch.

Genießet die Vergnügungen des Geschlechtstriebes, gutmüthige Menschenkinder! denn das will die Natur: aber sprechet nicht davon: denn das will sie nicht.

Keine einzige Göthische Schilderung, besonders in dem Charakter-gemählde des Lothario, trift der Vorwurf der Schlüpfrigkeit. Aber die bloße Erwähnung manigfaltiger, verliebter Verhältnisse des Lothario mit Weibern und Mädchen hat schon, für mein Gefühl wenigstens, etwas beleidigendes: so wie überhaupt dies Nachlaufen, dies Herumschwänzeln um die Weiber.

Was mag diesem Gefühl zum Grunde liegen? Nichts anders als dies: daß Liebelen mit dem andern Geschlecht eine zu gemeine Schwachheit ist; eine Schwachheit, die der gebildetste Mann mit dem allereinfältigsten, allereingeschränktesten Menschen gemein hat; und die man daher an jedem auch nur ästhetisch-veredelten Charakter immer nur höchst flüchtig berühren, nirgends aber gleichsam einen Accent drauf setzen, nirgend länger darüber verweilen muß.

„Er ißt, es schmeckt ihm wohl: und: „er liebt die Weiber; die Weiber sind ihm gut:" diese Sätze sollten unter den Menschen einen und denselben Werth haben. Wer spricht in einer guten Gesellschaft viel von seinem guten

Appetit? Doch — Gecken sind es ja auch nur,
die von ihren verliebten Abentheuern reden. Er-
freuet Ihr Euch aber des beneidenswürdigen
Glückes, der Herzensvertraute irgend eines in
ihrer Art einzigen Weibes oder Mädchens zu seyn: so seyd Ihr eben als Gegenstände solcher, in ihrer Art Einzigen, keine
Gecken: und werdet Euer beneidenwürdiges
Glück eher verhehlen, als zur Schau tragen.

Um diejenige junge Herren, die sich auf
ihre Beliebtheit bey Weibern so viel zu gute
thun, vollends zu demüthigen, setze ich fol-
gendes Axiom her, welchem kein erfahrner Weiber-kenner und kein unpartheiischer Weiber-
beobachter widersprechen wird, und widersprechen kann:

Ein jeder Mann, der sich emsig be-
strebt, Weibergunst zu erhalten, er-
hält sie gewis: er sey so eingeschränkten Geistes, oder so häßlicher (doch nicht
gar zu häßlicher) Gestalt, als er wolle.

Die gebildetsten Weiber sieht man oft in die
eingeschränktesten Köpfe; die schönsten in die
häßlichsten Männergestalten verliebt.

In Sachen der Männerliebe, sagte einst eines
der vortrefflichsten und edelsten Weiber, in Sachen der Männerliebe sind wir Weiber alle —
Narren!

Ich setze nur noch hinzu: „Sie haben Recht, Madam! aber die Männer sind es hier nicht weniger!" Hieraus aber folgt auch, daß Männer sich wenigstens eben so sehr schämen sollten, von ihren verliebten Abentheuern zu sprechen, oder wohl gar sich derselben zu rühmen, als Weiber thun: und welcher ernste Mann kann denn Geschichten von Liebeleyen oder Prahlerey mit verliebten Abentheuern anhören, ohne Anwandlung eines moralischen Eckels und ohne einen solchen Prahler oder auch nur Erzehler für einen Geck zu halten?

Wer die Menschheit liebt, kann es nicht anders, als eines ihrer unseligsten Verderbnisse finden, daß **Männer und Weiber aus dem Geschlechtstriebe durchaus noch etwas mehr und anderes machen wollen, als das,** wozu ihn die Natur mit eigner Hand gemacht hat. Eine süße Tändeley in langweiligen Stunden; eine angenehme Beschäftigung der Phantasie durch das Herz, (wie man die sinnliche Begier gar zierlich zu benamen pflegt) des Herzens durch die Phantasie; ein **moralisches Spiel lüsterner Sinnlichkeit** — das ists, wozu die Menschen Geschlechtsliebe so gern machen möchten. Anders — die Natur! ihr ist Geschlechtsliebe nicht Spiel, sondern Ernst, höchster Ernst, der ernsteste Ernst: denn ihr ist

Geschlechtsliebe Mittel der Fortpflanzung und Erhaltung des menschlichen Geschlechts: welches sie den Menschen nur — nebenher ist. Edle Geschlechtsliebe (denn nie werde ich leugnen, daß auch die sinnliche Liebe durch moralische Triebfedern verschönert werden könne und müsse,) findet einzig statt zwischen Eheleuten und zwischen Jüngling und Mädchen, die in den ehelichen Stand treten wollen. Wozu dann alle jene Empfindsamkeiten, moralische Sentiments (der Teutsche, die Sache nachahmend, vergaß das Wort) und ätherische Wonneschauer, womit unsre Romanschreiber und Schauspieldichter Liebschaften und Liebeleyen (denn so nenne ich alles, was nicht eheliche Liebe ist,) verschönern, veredeln und so gerne ins Feld reiner Moral hinüberspielen möchten?

Griechen und Römer, denen wir Neu-Europäer an verfeinertem Moralsinn so weit überlegen seyn wollen, hatten hier mehr Achtung für Moral. Sie waren vielleicht nicht weniger ausschweifend, als wir: aber sie waren nicht moralische Sophisten, wie wir. In ihren ästhetischen Darstellungen der Geschlechtsliebe ließen sie der unmoralischen Verirrung ihre natürliche Gestalt, ohne sie veredeln zu wollen.

Geschlechtsliebe sollten ästhetische Schriftsteller entweder gar nicht, oder, wie die Alten, natürlich, ohne moralische Sophisteren; aber wahrhaft moralisch-veredelt, darstellen. In dem letztern Fall bliebe ihnen also zur Darstellung
nichts weiter als eheliche Liebe, Braut-
Liebe, und Kinder-Liebe (Liebe der Eltern
zu den Kindern). „Was drüber ist, ist vom
Uebel": würde ich hier mit dem Heiligen
des Evangelii sagen.

Ernsten Schriftstellern kann der moralisch-
philosophische Kritiker Schilderungen dieser Art
einzig — um der allgemeinen Schwachheit
des Fleisches willen zu gute halten. Ueberdem ist es ja wahr — „littera minus erubescit".
ein geschriebenes Wort erröthet minder", wie
Cicero sagt.

Und für einen großen Theil der Leser sind
solche Schilderungen der einzige Angelhaken,
in den sie anbeißen; und dann — neben her,
auch etwas Moral und Lebensweisheit — gar
zufällig — mit hinunter schlucken.

Unsre ästhetischen Schriftsteller sind nun einmal leider! die maitres de plaisir der Lesewelt.

Die teutsche Lesewelt ist Göthen hochver-
pflichtet, daß er — von dieser so allgemeinen
Lockspeise der Schriftsteller so wenig, ja eigentlich nirgends — Gebrauch gemacht.

* * *

Jarno. „Jarno hat kein Gemüth, sagt die empfindsame Lydie. Und dies kurze Wort charakterisirt den ganzen Mann.

Offenbar ist er einer jener seltenen Menschen von tiefer Vernunft, scharfem Beobachtungsgeist und ausgeprobter Erfahrung, die „nur Begriffe im Kopf", kein Gefühl im Herzen haben: die jedes moralische, und jedes sympathetische Gefühl, dessen eigenthümliche Schönheit darin besteht, daß wir uns ihm, ohne darüber zu vernünfteln, überlassen, mikroscopisch in metaphysische Begriffe zerlegen, und eben deswegen in den menschlichen Handlungen wenig oder gar nichts großes und edles, so wie an dem ganzen Menschenleben wenig oder gar nichts schätzenswerthes finden, augenblickliche Befriedigung der Leidenschaft ausgenommen: die die Dinge und die Menschen nur als Mittel zu ihren Absichten betrachten: und deren ganzes Betragen daher auch mit jener abstoßenden Kälte, Gefühl- und Theilnehmungslosigkeit gestempelt ist, die der sanfteren, und warum soll ich nicht hinzusetzen, der edleren? Menschennatur so gar nicht behagt.

Wer schätzt nicht Jarno, den richtigen Beurtheiler des Shakespearschen Genies, den Verächter des Kleinlichen einer kleinstädtischen Kom-

mödiantentruppe und der vornehmen Gesell
schaften, den durchschauenden Prüfer des jungen
Wilhelm Meister, den er, durch Anpreisung des
Beſſern, in eine edlere Sphäre der Thätig
keit hinüber zu führen sucht; den Mitwirker zu
Wilhelms vollkommener Ausbildung?

Wer aber kann ihn lieben, den Mann, der
überall viel stärker das Böse und Kleinliche zu
haſſen, als das gute und edle zu lieben scheint?
der mit empfindlicher Bitterkeit ſich über jenes
ergießt; und nirgends, oder höchſt ſelten, bis
zum warmen Eifer für dieſes erglüht? der über
all nichts mehr und nichts weniger als h ö ch ſt
vernünftig denkt und handelt?

Denn gewis! man iſt ſehr wenig, wenn
man nur ein höchſt=vernünftiger
Menſch iſt. Und der iſt Jarno. Jarno hat
kein Gemüth, ſagen wir, ſehr treffend mit
Lydie.

Der Verfaſſer dieſer Blätter hatte, in einer
gewiſſen Epoche ſeines Lebens, eine unglaubli
che Schäßung für Charaktere dieſer Gattung;
aber er geſteht es nicht ohne Dankbarkeit gegen
ſeinen beſſern Genius, daß er ſich dieſe Epoche
ſeines Lebens kaum, und nur kaum, verzeihen kann.

Der Abbe. Dieſen charakteriſire ich kurz,
und, wie mich dünkt, gründlich durch folgende
vier Worte:

Franzose, fein, glatt, original-fantastisch.

Seine sonderbare Erziehungsmethode, von welcher ich schon bey Natalien erwehnte, scheint ganz berechnet zu seyn, die Welt mit Genies zu bevölkern.

Wahr ist in seiner Methode wenigstens so viel: daß jedes Genie sich nur dadurch bildet, daß es sich seiner eigenthümlichen Neigung hingiebt.

Daß aber ein großer Theil aller menschlichen Geschäftigkeit in einer immer-gleichen Mecha- nik besteht; daß, wie wir bey der Entwickelung des Serloschen Charakters gleich sehen werden, das Genie selbst eine gewisse Ausdaurung und Beharrlichkeit des Geistes erfordert; und daß daher die Jugend nicht frühe genug zu jener Mechanik, zu dieser Beharrlichkeit gewöhnt wer- den kan: dies hat der Abbe, der überhaupt mehr par principes folgert, als nach gründlichen Beobachtungen verfährt, ganz vergessen.

Da es unsern allerjüngsten Romanschreibern, seit der Austrocknung des unerschöpflich geglaub- ten Ozeans der Ritter-Romane, an Wasser auf ihre Mühle zu fehlen scheint, so würde ich dem einen oder andern der Bessern unter ihnen vorschlagen, das allersonderbarste Pärchen von der Welt, den jungen Grafen Friedrich (den Zög- ling des Abbe) und Philinen, gar ernst an ein- ander verheirathen, sie eine Haushaltung füh-

ren, sie den Abbe zum Haushofmeister annehmen, sie Kinder erziehen, sie leben und sterben
zu lassen: doch so, daß Natalie und Wilhelm
mit seiner angebeteten Amazone immer als Zuschauer wie im Hintergrunde lauschen. Mich
dünkt, ein solches Werkchen, mit einiger Kunst
ausgeführt, dürfte von dem Publikum fast noch
origineller gefunden werden, als der zehntau-
send zehnte Ritter-Roman.

* * *

Werner, ein geprüfter, in seinem Daseyn
durchaus bestimmter Mensch, wie Göthe, der
Dichter, ihn selbst einmal charakterisirt. Er ist
das Wasser in des jungen Wilhelms Feuer; das
Pflegma zu seiner sprudelnden Lebhaftigkeit.

Die Erweiterung des Geistes, mit welcher
dieser Charakter in dem Roman so veredelt erscheint, ist offenbar Zuthat von Dichter Göthe;
und gewisse allgemeine Ansichten und kosmopolitische Schlußverkettungen, die er Wernern in
den Mund legt, dörften fast zu fein seyn, und
mehr den philosophirenden Dichter, als den
ökonomisirenden Kaufmann ankündigen. Doch
mag auch hier gelten, was ich, in dieser Hinsicht,
von der Veredlung des Charakters der Therese
anmerkte.

Ein

Ein Muſter wahrer Freundſchaft, wie ſie da
der leidenſchaftliche Jüngling ſo einzig bedarf,
ſtellt uns Göthe an Wilhelm Meiſter und Wernern auf.

Da unſre allerjüngſten Romanſchreiber über
der — um von kindiſchen Darſtellungen einen
kindiſchen Ausdruck zu brauchen — über der ſüſ-
ſen Liebe ganz des zweyten, nicht minder-
ſchätzbaren Himmelsgeſchenkes, der Freundſchaft, zu vergeſſen ſcheinen: ſo iſt's zu wün-
ſchen, daß den Leſern und Leſerinnen des Göthiſchen Romans die vielen feinen und großen Züge dieſer in ihrer Art einzigen und muſterhaften
Jugendfreundſchaft nicht unbemerkt und unge-
fühlt entwiſchen mögen.

*   *   *

Serlo. Wie ſich verhält der Weltmann
zum Weiſen: ſo verhält ſich, nach Göthens
Darſtellung, Serlo's Genies-charakter zum wahren Genie.

Gründliche Einſichten und wahre Tugend hat
der Weltmann nicht: und eben ſo ſagt der Dichter
S. 347. 2r Bd. von Serlo: „Eigentliche Erfindungskraft hatte er nicht; dagegen aber das
größte Geſchick, was er vor ſich fand, zu nutzen
zu recht zu ſtellen, und ſcheinbar zu machen"
Gleich bedeutend iſt es, was er gleich hinzuſetzt:

O

„Seine Einfälle, seine Nachahmungsgabe, ja sein beißender Witz, machten ihn der ganzen Gesellschaft unentbehrlich".

Geister dieser Art sind es eigentlich, die man treffliche Köpfe, Leute von Talent nennt. Alles was sie unternehmen, gelingt ihnen: und worauf sie sich legen, darin erreichen sie einen nicht gemeinen Grad der Trefflichkeit.

Werden sie Schauspieler? Sie werden beklatscht: das Publikum hat sie gern: in einigen Rollen gränzt ihr Spiel an das genialische: aber sie sind keine Fleck und keine Ifflande.

Schreiben Sie Prose? Sie liefern allgemein=lesbare, interessante Stücke in Zeitschriften, Magazinen u. d. g.. aber sie sind keine Garven.

Werfen sie sich auf die Dichtkunst? Sie dichten mit Geschmack, mit Eleganz, mit Geist: sie liefern einen Bliomberis, aber keinen Oberon: sie sind Alxinger, aber keine Wielande.

Werfen sie sich in die Philosophie? Sie werden gute und brauchbare Professoren der Philosophie; sie schreiben Compendien mit sehr richtigen und wohlgeordneten Begriffen; erläutern, erklären, berichtigen mitunter auch wohl fremde Systeme. Aber sie sind weder Rein=holde, noch am allerwenigsten Kante.

Glaube man ja nicht, daß ich Geister dieser Gattung durch eine solche Rangordnung herunterseßen will *)!

Ich, der ich des — vielleicht sonderbaren Glaubens bin, daß das, was man Genie nennt, und was wirklich auch Genie ist, lange nicht so selten unter den Menschen angetroffen wird, als man's sich gewöhnlich überredet. Ich bin gegentheils der Meinung, daß Geistescharactere, wie Serlo, wahrhaft-genialische Anlagen haben: daß es ihnen aber einzig an d e m fehlt, worin beydes Buffon und Newton das G e n i e seßten, nemlich an G e d u l d und B e h a r r l i c h k e i t zur vollkommenen Ausbildung dieser Anlagen; an unverrückter R i c h t u n g aller ihrer K r ä f t e auf einen einzigen P u n c t ; kurz

O 2

*) Ein Genie und ein größer Geist sind wesentlich verschieden. Einen Klopstock, einen Lessing, einen Wieland, einen Göthe, Schiller u. s. w. nennen wir mit Recht große Geister der teutschen Nation. Aber warum diesen erhabenen Namen auch einem Uz, einem Bürger, einem Dichter Jacobi beylegen? Genies in der Dichtkunst mögen sie seyn: dawider hab' ich nichts. Aber man hat sehr irrige Begriffe von dem, was ein großer Geist ist, wenn man den Verfasser einer Ode, einer Elegie, eines Liebesgedichts, für einen großen Geist hält. Er kann es seyn; er kann Anlagen dazu haben: aber er ist es nicht durch eine Sammlung von Oden, Elegien, Epigrammen und Liebesliedern.

an jener Zerstreuungslosigkeit, Heftung und
Spannung des Geistes, die überall erfordert
wird, wo wir als Schriftsteller oder als Künstler irgend etwas in seiner Art einziges, hervor-
stechendes, vollendetes leisten sollen.

Was Büffon und Newton von sich sagten,
sagt auch der große Königsberger-Tiefdenker,
den ich sechs Jahre hindurch zu kennen und seines Unterrichts zu genießen das Glück hatte.
Auch er schreibt sein Genie, ich will sagen, die
herrlichen Kraftäußerungen seines Genies, blos
seinem Fleiß, seiner Beharrlichkeit, seinem un-
ermüdlichen Forschen zu.

Denn gewis: nur deswegen giebt es der Genies so wenige, weil ihnen jene Geduld, Stät-
tigkeit und Ausharrung mangelt, sich auf Einen
Punkt zu heften, diesen unverrückt im Auge zu
halten, ihn durch alle mögliche Wendungen zu
verfolgen, ihn nach allen Seiten zu drehen,
und eben dadurch einem zur Bearbeitung gewähl-
ten Gegenstande die möglich-größte Vollendung zu geben: Vollendung, wodurch er allein
nur etwas in seiner Gattung hervorragendes wird.

Man wende mir nicht ein, daß wahre Ge-
nies nur zu oft die erklärtesten Flattergeister, die
nachlässigsten Arbeiter, die unstättesten, unbe-
stimmtesten Charaktere sind. Mögen sie's immerhin seyn in allem, was nicht den eigentlichen

Gegenstand ihrer genialischen Energie
betrift!

Ja selbst in diesem mögen sie zu Zeiten höchst
launig und gleichsam nur gelegentlich arbeiten!

Wenn sie sich aber einmal dran machen, ein
wahrhaftes Genieswerk hervorzubringen: dann
können sie es nicht, ohne den Geist von allem andern abzuziehen, ohne ihn einzig darauf zu heften, ohne dafür und darin einzig zu leben und
zu weben. Und das ist's auch, was allen Genies von jeher eigenthümlich war; wodurch sie
allein ihre Werke zu Stande brachten: das ist
die Buffonsche und Newtonsche patience. Eben
diese Genietugend hat auch der glückliche Beobachter Labruyere im Sinn, wenn er einmal sagt:
Pour etre auteur, il faut avois plus que de
l'esprit: il faut avoir de la contention
d'esprit". „Ein Schriftsteller muß noch etwas
mehr als blos Geist; er muß eine gewisse beharrliche Spannung und ausdaurende
Schwungkraft des Geistes haben."

Wem also diese fehlt, der erreicht, bey allen
glücklichen Anlagen, in keiner Kunst den Grad
des Vortrefflichen, der ihm allein auf den Namen eines Genies Anspruch geben kann.

Und grade dies ist's, was Geistern, wie
uns der Dichter den Serlo schildert, abgeht.
Sie flattern von einem Gegenstande zum an-

dern, oft von einer Kunst zur andern; versuchen
sich hier, versuchen sich dort; leisten in allem, worin sie sich versuchen, etwas, oft so gar etwas vorzügliches; aber in keiner Sache etwas originelles,
genialisches, meister - und musterhaftes. Diese
Vielseitigkeit allein giebt ihnen Vergnügen; Heftung auf Einen Punkt, Einen Gegenstand ban-
get, ängstet sie. Und hier glaube ich nun, daß
das wahre Genie, welches oft vielleicht kein
größeres Maas natürlicher Anlagen erhielt, von
der Natur zugleich jene beharrliche Spannung und ausdaurende Schwungkraft des
Geistes, oder vielmehr die bestimmte Anlage
dafür zur Mitsteuer empfing, und grade dadurch
insbesondere zum Genie, das heißt, zu einem
Musterbild seiner Geistesgattung, z. B. der
Bildhauer- Mahler- Dicht- Rede-Kunst, gestempelt ward.

Daß Erziehung, Selbstbildung, Gewohnheit
und tausend Zufälligkeiten, diese, nach meiner
Meinung angeborne, contention d'esprit mannigfaltig hindern oder auch fördern
können, versteht sich von selbst. Daher — dann
auch meine Meinung, daß der Genie's ohngefähr in eben dem Maas mehrere geboren
werden, als wir deren wirklich in der Ausbildung antreffen, wie wir mehr schöne Kinder,
als erwachsene schöne Menschen beyderley Ge-

schlechts erblicken. Ungünstige Zufälligkeiten entfernen jene von der Ausbildung des beharrlichen
Geistesschwunges, so wie Unreinlichkeit, Krank-
heiten, Verwahrlosungen, Laster und Leidenschaften, die schönen Körpergestalten entstellen.
In diesem Verstande also ist es eigentlich wahr,
was man sonst zu sagen pflegt, daß Genies meistentheils nur Gebilde des Zufalls sind. So,
wie aber die Natur überall sich selbst gleich ist,
überall zweckmäßig arbeitet: so auch bey der Ausbildung menschlicher Geister. In ihrer ganzen
Oekonomie mit dem Menschen braucht sie offenbar eine weit größere Anzahl guter und vortref-
licher Arbeiter, als Genies; braucht sie mehr
Handwerker, als Künstler; braucht sie mehr Alltagsmenschen, als, um mit einem bedeutungsvollen sprichwörtlichen Ausdruck zu reden, Sonn-
tagskinder.

Jene Einseitigkeit der Bildung und gewissermaßen der ganzen Denk- und Handlungsweise, welche die eigentliche Grundlage des Genies, so wie nicht weniger eine Wirkung des
entwickelten Genies ist, taugt in den ökonomi-
schen Plan der Natur einzig so, wie sie dieselbe nunmehr darin angebracht hat, als Selten-
heit, als Ausnahme, als Contrast des ungewöhnlichen mit dem alltäglichen.

Wer da glaubt, ich habe in dem bisherigen bewiesen, daß es nur an dem Fleiß und guten Willen eines Alltagskopfes liege, sich zum Genie zu arbeiten, dem erkläre ich hiemit, daß er mich gar nicht verstanden. Eins nur noch.

Ungebändigte, unbezähmbare Leb = und Flatterhaftigkeit, die man so oft an jungen Kindern oder Knaben in der Schule wahrnimmt, war mir immer viel eher ein Beweis von gutem Kopf, als, wie es gewöhnlich gedeutet zu werden pflegt, von Genie: ohne bestimmte Anlage zu einem gewissen Pflegma ist jene Buffonsche Patience nicht möglich, und ohne diese, wie wir gesehen, giebts kein Genie.

Melina ist, auch unter den Männer = charakteren des Göthischen Romans, der Mann der Frau Melina: nicht ohne Anlage, und nicht ohne Geist und nicht ohne Bildung, wie sie: aber auch, so wie sie, gleichsam nur um ein Haar vom Alltagsmenschen entfernt.

Laertes. Ein gutwilliger, verständiger, mitunter leichtsinniger junger Mensch, wie sie da der gewöhnliche Menschenschlag unter tausenden zu hunderten liefert, und den Göthische Darstellung uns dennoch interessant macht.

Ich müßte mir's zum Vorwurf rechnen, eine

Art von Commentar zu Meisters Lehrjah-
ren zu schreiben, ohne die hervorstechendsten
Eigenthümlichkeiten der Sprache und des
Ausdrucks in diesem Werke auszuzeichnen.

Diese Eigenthümlichkeiten sind nun Einfalt,
Klarheit, Zierlichkeit; also grade diejenigen, deren teutsche Schriftsteller sich nie viel
rühmen konnten; am allerwenigsten aber seit der
unseligen Epoche der Ritter-romane. Denn
die Energie, als die Grundfarbe dieser seynsol-
lenden Charakter-gemählde barbarischer Zeiten,
glaubte man nur erreichen zu können durch einen gekünstelten, dunklen, und unge-
feilten Ausdruck: welches mich ohngefähr
eben so gemahnt, als wenn ein Ostade das natürliche und gemeine niederländischer Küchenstücke
durch Kühn-ruß statt der schwarzen Farbe, durch
Eyerdotter statt der gelben, durch wirkliches
Thierblut statt der rothen, am allerlebendigsten
auszudrücken glaubte. Welche ungeheuren Metaphern, welche bombastischen Sentenzen, welche,
aller Logik und aller Grammatik widersprechen-
de Wortverdrehungen beleidigen jeden nur
nicht ganz rohen Geschmack in diesen Pro-
dukten germanischer Ungeschlachtheit!
Denn mit diesem Namen würde ich das kraftlose
Streben teutscher Kraftmänner nach Kraft cha-
rakterisiren.

Wie traurig, wahr fühl ich den Spott, womit ein brittischer Kritiker in dem Critical Re-
view ohnlängst nur, bey Gelegenheit der An-
zeige — ich weis nicht mehr welches? teutschen
Schriftsteller-werks, uns arme Germanen aus-
höhnete: „Die teutschen Schriftsteller, sagte
„er, haschen überall nach dem gigantischen:
„sie rädern einen Schmetterling; sie blasen Atom-
„Fünkchen zu Sonnen-ballen auf; ihr Apoll mit
„dem Köcher voll tod-bringender Pfeile schießt
„— Fliegen; in der alltäglichsten Sentenz schwin-
„deln sie bis an den Abgrund der Unendlichkeit.‟

Wie ein sanftes, holdes Mädchen-geflüster
in das wilde Getöse einer Dorfschenke, tönet in
diese Sturm- und Gewitterepoche der
teutschen Litteratur die Göthische-Spra-
che in Wilhelm Meisters Lehrjahren.

Wenn es wahr ist, daß der Verfasser der
unsterblichen Genies-werke: „die Leiden des jungen Werthers‟ und „Göß von Berlichingen‟
sich ein unschätzbares Verdienst um die teutsche
Sprache und Litteratur dadurch erwarb, daß er
in diesen Geisteserzeugnissen voll teutscher Kraft
und Originalität sich gewisser Sprachkühnheiten,
alter Worte, Versetzungen, Inversionen, Verkür-
zungen, und Wendungen aus der Volkssprache be-
diente, und eben dadurch die französisch-Gottsche-
dische Flachheit gleichsam konsolidirte: so

weiß auch ieder Kenner unserer Litteraturgeschichte, daß das servum pecus in dem Augias-
Stalle *) teutscher Schriftsteller-welt, durch den
ungewöhnlichen Beifall, mit welchem diese Werke der Göthischen Muse aufgenommen wurden,
sich höchst unglücklich aufgemuntert fühlte, seine
Alltäglichkeiten von Gedanken und Empfindungen in diese Sprach-art einzukleiden: und man
konnte den genialischen Verfasser jener Werke
ohngefähr auf eben die Art dieser Sprach-ver-
derbnis anschuldigen, wie man die Gottheit des
unter den Menschen herrschenden moralischen
Uebels wegen anzuklagen pflegt.

Wegen dieser sehr schuldlosen Schuld
hat sich Göthe durch die verbesserte Ausgabe
seiner ältern Werke, noch mehr aber durch Werke
von so polykletisch-classischem **) Ausdruck, als
Iphigenie und Tasso sind, allhinlänglich
gleichsam entsündiget. Hier also beschränken wir
uns auf sein allerneustes Werk.

---

*) Servum pecus, Sclavenvieh, nennet Horaz die ge-
schmacklosen Nachäffer großer Genies. Augias-
stall ist der griechischen Fabellehre gleichbedeutend
mit jedem Ort voller Schmuz und Unreinigkeiten.
Eine der Arbeiten des Herkules war's, den Stall
des Königs Augias zu reinigen.

**) Des Künstlers Polyklet Statue, Doryphorus ge-
nannt, galt allen Künstlern als Musterbild.

* * *

Welch eine Maße vollwichtiger und origineller Ideen, feiner Empfindungen, treffender Beobachtungen und psychologischer Entwickelungen enthält folgende Stelle? und wie einfach — ist Sprache und Darstellung:

„Ach! wenn nur nicht manchmal die kalte Hand des Vorwurfs Marianen über das Herz gefahren wäre! Selbst an dem Busen Wilhelms war sie nicht sicher davor; selbst unter den Flügeln seiner Liebe u. s. w.

In der Kunst weiser Vertheilung der Bilder und Metaphern, und der schön-starken Farbengebung der wirklich-gebrauchten, ist Göthe so einzig Meister! Hieher gehören in der angeführten Stelle die Ausdrücke: „ach! wenn nur nicht manchmal die kalte Hand des Vorwurfs Marianen über das Herz gefahren wäre!“ „seine Leidenschaft sie emportrug“ Eben so der: „aus den Wolken, in welchen ꝛc. und: „selbst an dem Busen Wilhelms war sie nicht sicher davor; selbst nicht unter den Flügeln seiner Liebe.“

Teutschland zählt unter seinen allgemein-gelesenen prosaischen Schriftstellern einen der genievollsten und kenntnisreichsten, (Kenner nennen ihn sich selbst!) der, wegen des üppigen Gebrauchs von Bildern und Metaphern, bey allen übrigen sehr schätzbaren Vorzügen der Darstellung, zum höchsten Bedauern für Teutsch= lands Schriftsteller=Ruhm, unter den classischen Schiftstellern der Nazionen immer nur das seyn wird, was ein geistreicher Wüstling in dem Chor der Weisen seyn würde.

Schillers einziges Genie verleitete ihn an= fangs zu ähnlichen Fehlern, die aber selbst schon dem Kenner den schönen Geschmack ankündigten, dem er sich in einigen seiner spätern Werke be= wandernswürdig glücklich genähert hat.

Von Garve's Nüchternheit dagegen möchte ich zuweilen fast sagen:

Vix ossibus haerent.   Virgil.

(Wie einzig ich übrigens Denk= und Darstel= lungsmethode dieses teutschen Sokrates schätze, davon S. „meine Sprach=Parallele, eine Preis= schrift).

Eine der durch Einfalt und Klarheit der Dar= stellung vorzüglichsten Stellen im Meister ist die, wo der feine Beobachter Lothario die Vorzüge der häuslichen Weiberherrschaft vor dem Wirkungs= kreise des Staatsmanns, des Gelehrten und Ge= schäftsmanns, so gründlich darthut, daß ich in den vier Seiten darüber mehr Wahrheit, Scharf= sinn und Beobachtungsgeist finde, als — beson= ders auch einige teutsche Schriftsteller, in ganzen Bänden über Männer= und Weiber=Eigenthüm=

lichkeit" gesagt haben. Man lese diese Stelle
selbst 4r Bd.

In welche dunkle Tiefen der Spekulazion
würden hier gewisse neuere teutsche Philosophen
uns hinunter geführt haben, um das feine Verhältnis männlichen und weiblichen Würkungskreises so fein zu bestimmen? Aber so wie Göthe sich da gefaßt, versteht ihn jede vernünftige
Hausfrau, selbst wenn sie nicht einmal in einer
Lesebibliothek engagirt ist; und jeder gebildete
Mann findet es scharfsinnig gedacht, fein beobachtet, und schön dargestellt. Das ist Charakter
populairer Schreibart.

Der sicherste Probierstein einer vollendeten
populären Schreibart ist die gefällige und ge-
schmackvolle Darstellung alltäglicher Vorstellungen und Empfindungen: denn hier kömmt es
auf das große Kunststück an, sich zwischen Ge-
meinheit und Kostbarkeit, zwischen Spekulazion
und Gemeinverständlichkeit, zwischen Flachheit
und Energie in der Mitte zu halten. Dies ist
besonders der Fall mit den Reden gemeiner oder
ungebildeter Leute, wenn sie gewisse feinere
psychologische und moralische Gefühle entwik-
keln oder auch, ohne über ihre Begriffssphäre
hinauszusteigen, gewisse allgemeine Reflexionen
sagen sollen.

Wie fein und doch zugleich wie populär drückt sich die einfache, ungebildete Mariane aus: wenn sie zu Barbara sagt, die sie dem Norberg in die Hände gespielt hatte: „O hätteſt du meiner Jugend, meiner Unſchuld nur noch vier Wochen geſchont, ſo hätte ich einen würdigern Gegenſtand meiner Liebe gefunden: ich wäre ſeiner würdig geweſen, und die Liebe hätte das mit einem ruhigen Bewußtſeyn geben dürfen, was ich jetzt wider Willen verkauft habe“.

Eben ſo glücklich einfach und klar ſagt die alte Barbara in dem gleichfolgenden.

„Ich hatte eine uneingeſchränkte Gewalt über „den Verſtand des guten Mädchens: denn ich „kannte alle Mittel, ihre kleinen Neigungen zu be- „friedigen; ich hatte keine Macht über ihr Herz: „denn niemals billigte ſie, was ich für ſie that, „wozu ich ſie bewegte, wenn ihr Herz wider- „ſprach: nur der unbezwinglichen Noth gab ſie „nach, und die Noth erſchien ihr bald ſehr drü- „kend. . . . Ihrem kleinen Gemüth waren ge- „wiſſe gute Grundſätze eingeprägt, die ſie unru- „hig machten, ohne ihr viel zu helfen u. ſ. w.

Sehet da — Pſychologie, einen Moralſinn, glücklichen Beobachtungsgeiſt, und guten Stil — in einer Barbara Munde!

Unſre allerneuſten Romanſchreiber und Dramatiker machen ſich die Sache freilich ſehr leicht! Sie laſſen ihre Kammermädchen, Kutſcher, Bedienten, Unteroffiziere, u. ſ. w. u. ſ. w. halb hochteutſch, halb plattdeutſch, mit grammatiſchen Fehlern, verdrehten Wendungen, abgebiſſenen Sylben u. ſ. f. reden: und erreichen dadurch, ſo wähnen ſie, die wahre Natur.

Unſer Berlin iſt ſo glücklich, in ſeinen Mauren einen jungen Shakeſpear zu umſchließen, der ſeine ganze Shakeſpearität in einer ſolchen lebendigen und lebenvollen Natur ſetzt.

Selbſt einen gewiſſen, ja einen hohen Schwung der Ideen und der Darſtellung weiß

Göthe auf die Lippen einer Barbara zu legen,
ohne sie über ihre Sphäre hinauszuheben. Hieher gehört ins besondere die Stelle, wo sie von
der todten Mariane spricht, und die ich, in andrer Absicht, oben schon anführte.

„Ja ich habe sie verborgen; aber unter die
„Erde; weder das Licht der Sonne, noch eine
„vertrauliche Kerze wird ihr holdes Angesicht je-
„mals wieder erleuchten: das liebe Herz schlägt
„nicht mehr vor Ungeduld, sie zu sehen; nicht
„etwa in einer benachbarten Kammer wartet sie
„auf den Ausgang meiner Erzählung oder mei-
„nes Mährchens; die dunkle Kammer hat sie
„aufgenommen; wohin kein Bräutigam folgt;
„woraus man keinem Geliebten entgegengeht.“

* * *

Gezwungen, ungern, unwillig, wie Lydie
von ihrem Lothario, trenne ich mich hier von
Göthe und seinem Meisterstück. Den schönsten
und vorzüglichsten Theil des Werks, die Sprache, die Reflexionen über Geist und Herz,
über Kunst und über Menschenleben — muß
ich fast ganz unberührt lassen.

* * *

Doch die Bemerkungen über Göthens Stil
nutze ich einst in einem philosophisch-rhetori-
schen Werke „Philosophie der Rede“ genannt. Und seine Reflexionen sollen mir in
einer nächst zu liefernden kleinen Schrift, be-
titelt, „die reine Menschheit“ (d. h. die
Menschheit, entkleidet von allem, was ihr je von
Philosophen, Dichtern und Theologen an-com-
mentirt, angedichtet und angelogen ward,)
reichen Stoff geben.